妄想紳士の愛(いと)しの奥様

桜井さくや

イースト・プレス

contents

序章

——サーシャがユーリにはじめて会ったのは、八歳になったばかりの頃だった。

草木が芽吹く春の景色を楽しみながら、家族五人で向かった白亜（はくあ）の屋敷。

どこもかしこも手入れが行き届いた建物はため息が出るほど美しく、馬車を降りるとその屋敷に住む一家がサーシャたちを温かく出迎えてくれた。

「いらっしゃい、君がサーシャだね。僕はユーリだよ。ゆっくりしていってね」

真っ先に声をかけてきたのは金髪の美少年。

彼は伯爵家であるこのバロウズ家の跡取りであり、サーシャが生まれたときに決められた婚約者でもあった。

「サーシャ、何隠れてるの？　ちゃんとご挨拶（あいさつ）なさい」

「は、はい……。あの…、はじめまして、サーシャです」

「こちらこそ、はじめまして。よろしくね」

恥ずかしがり屋のサーシャは、はじめは兄と姉の後ろでもじもじしていた。けれど、折角話しかけてくれたのに黙っているわけにはいかない。姉のラピスにせっつかれてたどたどしく挨拶をすると、ユーリは柔らかな笑みを向けてくれた。

――すごく優しそう。それに、お兄さまより大人っぽい……。

サーシャは緊張で顔を赤くしながら彼を見上げた。

ユーリは兄と同い年で十三歳。サーシャより五歳上という話だ。

姉のほうが彼と歳が近く、身長差もちょうどいい。相手を間違えてもおかしくなかったが、彼は迷うことなくサーシャに声をかけてきた。

――どうして私がサーシャだってわかったの……？

おそらくそれは、事前に話を聞いていたからだろう。

姉には決まった相手が他にいる。三人兄妹の一番下の娘が自分の相手だと教えられていたと考えるのが自然だが、このときのサーシャにはまだそういった想像力がなく、間違えずに当ててくれたことに運命のようなものを感じていた。

「皆さん、どうぞ中に入ってください。さぞやお疲れでしょう。ここまで馬車で一週間もかかると聞きました。これから長いお付き合いになるのですから、自分の家だと思って寛いでいってください」

サーシャたちが挨拶を済ませると、ユーリの傍にいた男性がにこやかに話しかけてきた。

金髪に琥珀（こはく）色の瞳。すっと通った鼻梁（びりょう）。微（かす）かに口角（こうかく）の上がった形のいい唇。

彼はたぶんユーリの父親だ。誰が見ても親子だとわかるほど、二人はよく似た顔立ちをしていた。

男性は気さくな様子で、サーシャの両親と挨拶を交わしている。

サーシャの父とは知った仲のようで、互いにどこか懐かしそうにしていた。

話によると、父が子供の頃はこの近くに別荘を所有していたらしく、祖父たちの間に親交があったようだ。父もこのバロウズ邸には何度か来たことがあったそうだから、二人も会話くらいはしたことがあるのかもしれない。別荘自体はずいぶん前に建物の老朽化で取り壊すことになり、そのときに土地も売却してしまったから数十年ぶりの再会といったところだろう。

けれど、祖父たちの交友は亡くなるまでずっと続いていた。今後はサーシャが嫁ぐことで、両家の縁が続いていくのは間違いなかった。

——あの女の人は……？

ふと、視線を感じて男性の隣を見ると、金髪の女性と目が合う。

彼女はユーリの母親だろうか。瞳の色は二人と違って青かったが、優しげな雰囲気がユーリとそっくりだった。

「いらっしゃい、サーシャちゃん。ユーリをよろしくね」

「は、はい……っ」

陽の光で輝く金髪。

宝石のように煌めく瞳。

――皆、キラキラしてる……。

こんなに綺麗な人たちを見たのははじめてで、なんだかドキドキしてしまう。

ユーリは目が合うたびに笑顔を返してくれる。まるで絵本に描かれた王子さまがそのまま飛び出してきたみたいで、こんなに素敵な人が将来自分の旦那さまになるなんて信じられなかった。


「――あら…、泣き声がするわ」

その後、サーシャたちは案内されるまま屋敷の居間に向かおうとしていた。

だが、途中でサーシャの母が立ち止まって辺りを窺うように廊下を見回す。それにつられて父も足を止めると、ややあってぽつりと呟いた。

「これは…、赤ん坊の声か……？」

「え…、赤ちゃん？　赤ちゃんがいるの？」

父の言葉にサーシャたち兄妹は目を丸くする。

同じように耳をそばだててみたところ、確かに赤ん坊らしき泣き声がした。

それにしても、ずいぶん激しい泣き方だ。家族で顔を見合わせていると、すぐ傍にいたユーリが彼の父アルバートにひそひそと話しかけた。

「父上、少し様子を見てきてもいいですか？」

「……あぁ、仕方ないね。あの様子では、ユーリじゃないと収まりそうにない。皆さんには私から説明しておくよ」

「では行ってきます」

アルバートの了解を得るなり、ユーリは一人廊下を引き返していく。

なぜ彼が行くのだろう。誰の泣き声だろう。

まっすぐな背中を目で追っていると、彼はふと足を止める。数秒ほど天井を見上げてから、なぜかまた皆のほうに戻ってきてサーシャの前で止まった。

「一緒に来る？」

「え…、いいのですか？」

「うん、いいよ。赤ちゃん、見せてあげる」

「……っ！」

目を丸くするサーシャに、ユーリはにっこりと頷（うなず）いてみせる。

やはりここには赤ちゃんがいるのだ。

ユーリはそれが誰なのかはっきり言わなかったが、先ほどのアルバートとのやり取りを思い出して、かわいい赤ん坊の想像がむくむくと膨らんでいく。顔を紅潮させて大きく頷くと、彼はサーシャの両親の了解をもらってから、赤ん坊がいる二階へと連れていってくれた。

——赤ちゃん、見るのはじめて……。

好奇心に胸を躍らせ、サーシャは廊下を進む。

兄と姉も赤ん坊を見たがっていたが、大勢で行っては驚かせてしまうと両親に窘められたのでユーリと一緒に来たのは自分だけだ。

——だけど、あんなに泣くなんてどうしたのかしら……。

二階に上がると赤ん坊の泣き声はますます大きく聞こえ、次第に心配な気持ちのほうが強くなっていく。

ユーリは二階の突きあたりの部屋の前で止まって、ゆっくり扉を開けた。

そうすると、泣き声がさらに大きくなって一層心配になったが、彼は特に気にすることなく中へと足を踏み入れた。

「いつにも増して、よく泣いてるね」

「あっ、ユーリさま……っ」

「階下にまで声が聞こえてきたんだ。僕が来たほうがいいかと思って」

「……いつも申し訳ありません。あれこれ手を尽くしてみたのですが、こうなってしまうと私では泣きやんでいただけなくて……」

部屋に入ると、そこには若い女性がいた。

彼女はベッドの傍で赤ん坊を腕に抱いて必死にあやしていたが、ユーリが近づくと申し訳なさそうに眉を下げる。

会話の内容からして女性の子ではなさそうだ。

彼女は赤ん坊のナニーに違いない。子爵家の娘であるサーシャにも生まれたときから身の回りの世話をしてくれる人がいるので自然とそれがわかった。

「もしかして、お客さんが来たのがわかったのかな。普段と違うって不安になったのかもしれないね」

「そうかもしれません」

「あとは僕が見るから、君は少し休んできていいよ」

「ですが今日は……」

「いいんだ。彼女…、僕の婚約者にも、この子を見せてあげようと思って」

「え…？　あ、ではそちらの方が……？」

ユーリは話をしながら、扉のほうを振り返った。

すると、若い女性はハッとした様子でサーシャに目を向ける。

サーシャは部屋に入っていいのかわからず扉のところで様子を窺っていたから、いきなり注目されてビクついてしまう。けれど、挨拶も出来ないようではユーリに恥をかかせてしまうと思い、ぴんと背筋を伸ばして声を上げた。

「こ、こんにちはっ、セプト家の末娘、サーシャです……っ！」

「どう？　素敵な子だろう？　だから、あとは僕たちに任せてくれていいよ」

「は…、はい。それでは……」

サーシャが顔を真っ赤にして挨拶をすると、ユーリは目を細めて微笑んだ。

女性は畏まった様子でサーシャに会釈をしたが、彼が両腕を差し出したのに気づいて遠慮がちに赤ん坊を預ける。ユーリは慣れた動作で赤ん坊を受け取り、彼女はほっとした顔でそれを見届けてから、もう一度サーシャに会釈をして部屋をあとにした。

——赤ちゃんって、あんなに小さいんだ……。

サーシャは扉の傍で立ち尽くしたまま、ほぅっと息をつく。

自分より小さな子を見るのははじめてで驚きを隠せない。ユーリの腕にすっぽりと収まってしまうほどの大きさに感動も覚えていた。

「サーシャ、君もこっちにおいで」

「は…、はい……っ」

言われるままに、サーシャは彼に近づいていく。

赤ん坊は相変わらず泣いていたが、先ほどまでのような激しさはない。ユーリに少しあやされただけで、みるみる落ち着いていくのが手に取るようにわかった。

乳白色の肌に、柔らかそうな金髪。

そっと覗き込むと、琥珀色の瞳と目が合う。

「……かわいい……」

宝物を見つけたような気分になり、サーシャは自分の胸に手を当てる。

赤ん坊はサーシャをじっと見つめて目を離そうとしない。ユーリの腕の中で安心した顔をして、いつの間にかすっかり大人しくなっていた。

「この子は僕の妹のエミリだよ」

「……エミリちゃん」

「まだ生まれて半年くらいかな。多少ぐずる程度ならいいんだけど、さっきみたいに激しく泣くときは僕じゃないと駄目みたいなんだ」

「それで……」

「……あ、それより、父上は君たちにエミリのことを話してなかったんだね。のんびりした人だから、来てから言う気でいたのかな……。驚かせてごめんね」

「わっ、私は全然…ッ。エミリちゃんに会えて嬉しいです……っ」

いきなり謝罪されて、サーシャは慌てて首を横に振った。

ユーリは「ありがとう」と微笑み、その赤ん坊——エミリに目を落とす。

そうするとエミリのほうもユーリを見上げて嬉しそうに笑った。

それで完全に落ち着いたと思ったのだろう。彼は小さな背中を優しく撫でると、傍に置かれたベッドにエミリをそっと寝かせた。

そのベッドにはいくつもの人形がのせられていて、エミリを見守っているかのようだ。

部屋に漂う匂いはミルクだろうか。幼い頃を思い出させる甘い香りに、サーシャは無意識にくんくんと鼻をひくつかせた。

「……ふふっ、かわいい」

「……あ」

ユーリの呟きに、サーシャはハッとする。

目が合って心臓が跳ね、カーッと顔が熱くなっていく。

今の『かわいい』は、普通に考えればエミリに向けられたものだろうに、ユーリがこちらを見ているから勘違いしてしまいそうになる。サーシャは自意識過剰な自分が恥ずかしくなって、皺になるほどスカートを握り締めた。

「サーシャ、ソファに座らない？　立ちっぱなしでは疲れてしまうから」

「は、はい……」

　サーシャは促されるまま、ベッドの傍のソファに腰を下ろす。

「ところで、お菓子は好き？　確かそこの棚にクッキーがあったはず……。あ、やっぱりあった。――これ、よかったらどうぞ」

「……は、はい…、いただきます……っ」

　ユーリは思い出したように近くの棚に向かい、そこからクッキー缶を手に戻ってくる。蓋を開けると、途端に甘い匂いが鼻腔をくすぐり、サーシャは誘惑に逆らえずにクッキーに手を伸ばした。

「おいしい？」

「……おいしい……です」

「よかった。好きなだけ食べていいからね」

　ユーリは隣に座ってじっとこちらを見つめていた。

　穏やかで優しい声。

　砂糖菓子よりも甘い視線。

　サーシャはクッキーを食べながら、また顔を赤くする。見られていると思っただけで心臓がうるさくなっていく。どこを見ればいいのかわからなくなって下を向くと、ユーリは心配そうに顔を覗き込んできた。

「どうしたの？　もしかして、喉に詰まっちゃった？」

「……え？」

「ちょっと待って。何か飲み物を……」

「あ、あの」

下を向いたサーシャを見て、彼はクッキーが喉に詰まったと思ったようだ。

ユーリは素早くソファを立ち、急いで先ほどの棚に駆け戻っていく。その棚は一部ガラス扉になっていて、ティーセットなどの食器類が見える。ユーリはそこからコップを取りだすと、再びサーシャのいるソファまで戻ってきて、すぐ傍のテーブルに置かれた水差しを手に取った。

「これを飲んで。少し冷たいだろうけど、今はお水しかないんだ」

「え…、はい……っ」

ユーリは水差しの水をコップに注ぎ、サーシャにさっと差し出してくる。

その勢いに押されて、サーシャは思わずそれを受け取った。

本当は喉に詰まってなどいなかったが、紛らわしい行動をした自覚はある。これで安心してくれるならと、サーシャはごくごくとコップの水をすべて飲んでみせた。

「っは…、飲み…ました……」

「喉のつかえはどう？　苦しいならもう一杯飲む？」

「いえ…ッ、もう大丈夫です！」

「そう、ならよかった」

　さすがにもう一杯は飲めそうにない。

　力いっぱい断ると、ユーリはほっとした様子で息をつく。その表情から彼が本気で心配してくれていたのが伝わった。

　――なんて優しいのかしら……。

　彼と同い年の兄もそれなりに優しいが、ここまでではない。

　ユーリはサーシャの前で膝をつき、まだ少し心配そうに見つめている。

　目鼻立ちの整った美麗な顔を前にすると、胸の奥がざわついて落ち着かない。彼をまっすぐ見られず、サーシャはすっと目を逸らしてしまう。

　すると、ユーリは途端に顔を曇らせ、「あぁそうか……」と自嘲気味に呟いた。

「僕たち、さっき会ったばかりなのに、いきなり連れ出されてびっくりしたよね。……そうだよね。婚約者と言われてもまだよくわからないだろうに、なんだか君とはすぐに仲良くなれる気がして気安くしすぎてしまったかも……」

「……え」

「僕のこと、気に入らなかったらごめんね」

　ユーリは突然そんなことを言って、すまなそうに眉を下げる。

　だが、思ってもみない言葉に驚いてサーシャはすぐに反応できない。

もしや、彼は目を逸らされたから、そんなことを言いだしたのだろうか。

だったら、それはとんでもない誤解だ。サーシャは慌ててぶんぶんと首を横に振った。

「違います！　気に入らないだなんて、そんなこと思っていません……っ！　わ…、私も、ユーリさまと仲良くなれそうって思っていました！」

「……そうなの？」

「はいっ！」

サーシャは大きな返事で頷く。

そのまま数秒ほど見つめられたが、恥ずかしくても今度は目を逸らさずにいた。

それでわかってもらえたのか、少ししてユーリは頬を緩めて嬉しそうに微笑んだ。蕩けるような眼差しに、サーシャはどうにかなってしまいそうだった。

「――あー…、あーぁ」

そのとき、不意にエミリの声が部屋に響く。

見れば、ベッドでは小さな手が何かを探すように動いていた。

ユーリがベッドに向かい、サーシャもあとに続いて彼の横に立つと、エミリは自分たちを交互に見つめてくる。

小さな手は宙を彷徨い、懸命に何かを摑もうとしていた。

すかさずユーリが手を出すと、エミリは彼の人差し指をぎゅっと摑んだ。

きっと、大好きな兄を探していたのだ。あまりの微笑ましさに、サーシャは思わずエミリの柔らかな頬を指先でちょんとつついてしまう。すると、今度はその指を摑まれて、思ったより力があることに胸がきゅんきゅんした。

「エミリちゃん、かわいいですね」

「……そうだね」

紅潮した顔を向けると、ユーリは目を細めて頷いた。

けれど、ややあってエミリに目を戻した彼は僅かに首を傾げる。それは、心底不思議だと言わんばかりの表情だった。

「僕に妹がいることが、いまだに信じられないときがあるんだけどね……」

「え？」

今のはどういう意味だろう。

その表情だけではどんな意図があっての言葉なのかはわからない。

「あ、そうだ」

なんとなく気になる一瞬だったが、ふと思いついたようにユーリの視線が動いたことでサーシャの意識はすぐに逸れてしまう。

エミリの頭の上に並べられた五体の人形。

彼はその中の一体を手に取り、サーシャに差し出してきたのだ。

「この子、サーシャにあげる」

「私に…？」

「なんとなく、君に似ていると思ってね。ほら、愛らしい茶色の瞳とか、ふわふわの薄茶の髪も同じだし……、白い肌に薔薇(ばら)色の頬なんて特に似ているよ。この子は、僕の一番のお気に入りなんだ」

「……ッ！」

さらりと言われた内容に、サーシャの顔は火がついたようになる。

人形のことを話していると思わせて、遠回しにサーシャを褒(ほ)めているみたいで頭の中が沸騰しそうだった。

「ふふ…、かわいい。やっぱりよく似てる」

「そ、そんな……っ」

今度は直接言われてますます真っ赤になってしまう。

しかし、ユーリから人形を渡され、改めてその精巧な作りを間近で見て思わず目を見張る。

意志を持っていそうなまっすぐな眼差し。

柔らかな手触りのふわふわの髪。

真っ白な肌に紅をさしたような頬は、まるで生きているようだった。

「あの…っ、このお人形、もしかして特別に作られたものなんじゃ……」

「どうして？」

「前にお母さまが教えてくれたんです。特別なお人形は目が違うって。私の家にもお人形はいくつかあるけど、こんなに綺麗な目をした子はいないから……」

「へぇ、そういうものなんだね。でも、そんなこと気にしなくていいんだよ。僕が君にあげたいと思ったんだ。その子も君が持っているほうが幸せそうだよ。だから、もらってくれると嬉しいな」

「……でも」

なんてこともないように言われたが、サーシャは言葉に詰まってしまう。

そんなに簡単にあげてしまって、ユーリはあとで親に怒られないだろうか。

心配しながらも、腕の中の人形は抱き締めたくなるほどかわいらしい。本音を言えば、あげると言われて嬉しくて仕方なかった。

――私も何かあげれば怒られないかも……。

サーシャはぐるぐると考えを巡らせ、自分の頭に手を伸ばす。

後頭部の辺りで蝶々結びにしていたレースのリボンをするりと解くと、躊躇いがちにユーリに差し出した。

「これ…、もらってくれますか？」

「……リボン？」

「私の一番のお気に入りなんです。だから、もらってほしいと思って……」

こんなものをもらっても、ユーリは嬉しくないかもしれない。

そう思ったけれど、このリボンははじめて会う彼にかわいいと思ってもらいたくてつけてきたものなのだ。

「大事なものなんだね……。ありがとう、宝物にするよ」

ユーリは嫌な顔一つせず、笑顔で受け取ってくれた。

綻(ほころ)んだ口元が優しくて、サーシャはぎゅっと人形を抱き締める。

彼の手に自分のリボンがあることが嬉しくてならない。自分もこの人形を宝物にしようと強く心に誓った。

初対面なのに、どうしてこんな気持ちになるのだろう。

まだ八歳だったサーシャには、五歳上の彼はとても大人に見えた。

それでも、年齢差など関係ないと思えるほど彼に強く惹(ひ)かれる自分がいた。誰かに何かをあげたいと思ったのも、こんなにも胸が苦しくなったのもサーシャにとって彼がはじめてだった。

そして、サーシャたちはそれから三日ほど、バロウズ邸に泊まって親睦(しんぼく)を深めた。

ユーリの父アルバートはいつも笑顔で人当たりがよく、母のジュリアはおしとやかで誰の話にもきちんと耳を傾けてくれる聞き上手。ユーリは二人のいいところをすべて受け継いだような穏やかな性格で、妹のエミリが一番懐いているというだけあって面倒見がよく、サーシャのことも常に気にかけてくれた。

そんな素敵な一家のもてなしを受け、はじめは緊張気味だったサーシャの家族もすぐに打ち解けることができたのだった。

けれども、一緒に過ごした時間が長くなるほど別れは辛いものだ。

サーシャは三日間のほとんどをユーリと一緒にいたから、帰る段になると急に寂しさが募(つの)って涙が止まらなくなった。

「泣かないで、サーシャ。またすぐに会えるよ」

皆が心配する中で、サーシャを慰(なぐさ)める優しい声。

温かな手で頭を撫でられ、後ろ髪を引かれる思いでいると、帰りの馬車が到着した。

馬車は二台用意されていて、一台は両親が、もう一台はサーシャを含めた兄妹三人が乗ることになっていた。

兄に急かされてやっとのことでサーシャも乗り込むと、程なくして馬車が動きだす。

ユーリたちもバロウズ邸もあっという間に見えなくなってしまったが、サーシャは小窓から外の様子をしばらく目で追っていた。

「サーシャはすっかりユーリに夢中だな」

「優しい人でよかったわね。家族も皆素敵だし羨ましくなっちゃったわ」

やがて兄と姉に苦笑気味に声をかけられて、サーシャは泣き濡れた顔で頷く。

きっと、そのときの自分は誰が見てもそうとわかる表情をしていたのだろう。サーシャ自身も、この想いが単なる憧れではないと自覚できるほどユーリのことを好きになっていた。

本当に素敵な家族だった。

ユーリだけでなく彼の両親も温かかった。

あの中にいられたら、どんなに毎日が幸せだろうと思うほどだった。

別れ際のユーリの微笑を思い出しては、サーシャはぎゅうっと人形を抱き締める。

――今すぐ大人になれればいいのに……。

とはいえ、今すぐ大人になったら、自分の家族と離れなければならないのだ。

想像してみると、それはそれで寂しくて堪えられそうになかったが、ユーリの傍に戻りたいという気持ちも嘘ではない。

今はまだ叶わぬことだとわかっていた。

それでもサーシャは、彼の花嫁になる日を待ち遠しく思わずにはいられなかった。

第一章

――八年後。

雲一つない青い空。木々を揺らす柔らかな風。

辺りを見渡せば、芽吹きはじめた木々が春の訪れを報せている。

その日、サーシャは八年という歳月に想いを馳せながら、とある建物の窓から外を眺めていた。

「……待つのは、今日でおしまいね」

感慨を込めて呟き、サーシャはくすりと笑う。

何度となく同じ季節が巡ってきたが、今ほど浮きたったことはない。

――今日まで、本当に長かった……。

ユーリと出会ってから八年。

初恋の少年からもらった人形を抱き締めて泣いていた少女が、白い花嫁衣装を身に纏うまでにかかった年月でもあった。

だが、今の時代、十六歳での結婚は別段遅いわけではない。

きっと、ユーリへの想いが募るばかりだったから長く思えたのだろう。

彼とは簡単に会える距離ではなかったために、一年に一度会うのが精々だった。

ユーリは会うたびに大人びて、どんどん素敵な男性になっていった。

サーシャは置いて行かれる気がして必死で背伸びをしていた時期もあったが、彼はずっと優しく見守ってくれていたし、無理していると気づけば、『そのままの君が好きだよ』と甘やかしてくれた。会えない間は手紙のやり取りを欠かさなかったし、互いの誕生日にはプレゼントを贈るなどして関係を育んできた。

そうして想い続けた初恋の相手と、ようやく今日結ばれるのだ。

これほど待ち望んだ日はない。サーシャは鼓動の高まりを感じながら、後ろを振り返った。

「まだ…、かしら……」

ここは花嫁が準備を整えるために用意された教会の一室だ。

この控え室には先ほどまで母がいたが、人に呼ばれて出ていってから戻っていない。

今か今かと待っている時間ほど長く感じるものはなく、サーシャがそわそわしはじめると、部屋に近づく足音が聞こえてきた。

――コン、コン。

扉をノックする音が響き、胸に手を当てる。

緊張気味に返事をすると、扉が開いて両親が入ってきた。

「サーシャ、そろそろ時間よ。準備は大丈夫ね？」

「……はい、大丈夫です。お母さま」

「では、行くか。途中までは私が一緒だよ」

「はい、お父さま」

いよいよ、そのときが来たようだ。

サーシャは二人にこれまでの礼を言って、深く頭を下げる。

父も母も涙ぐみ、眩しげに目を細めて笑っていた。

この先の式場には兄と姉もいる。二人とも今はもう結婚して、兄のほうはすでに子供がいた。今日は親族席の一番前で、増えた家族と一緒に自分たちを祝ってくれるようだった。

サーシャは控え室を出て、父と祭壇のある式場へと向かう。

母は途中で別れ、一足先に親族席に行った。式場に足を踏み入れると、たくさんの人たちが目に飛び込んできて、思わず息を呑む。その中には先ほど別れた母の姿もあり、兄や姉も新しい家族と来ていた。

見知った顔を見つけて多少緊張が解れ、サーシャはゆっくりと歩を進める。

両親も兄姉も、自分を殊(こと)のほかかわいがってくれた。

いつだって、溢(あふ)れんばかりの愛情を注いでくれた。

さまざまな思い出が頭に浮かんで、涙が零れそうになる。それを父がハンカチでそっと拭(ぬぐ)い、「幸せになりなさい」と言ってぽんぽんと背中を撫でてくれた。

ウェディングロードの半分ほどまで来たところで、父とは別れて今度は一人で歩きだす。

祭壇には大好きな人のまっすぐな背中。

気配に気づいてか、ユーリはこちらを振り返る。サーシャは逸る気持ちを抑えられず、知らず知らずのうちに歩調が速くなっていた。

「サーシャ、久しぶりだね……」

「ユーリ……」

傍まで行くと、ユーリが穏やかに囁(ささや)く。

去年の今頃会って以来だから、実に一年ぶりの再会だ。

モーニング姿が凛々しくて、胸の高鳴りが止まらない。今まで見た中で今日のユーリが一番素敵だった。

「とても綺麗だよ」

「ユーリも…、素敵……」

祭壇の前で二人はひそひそと囁き合う。

最初の頃は他人行儀な話し方だったが、いずれ家族になるのだからとユーリに言われて、呼び捨てにすることからはじめたのが今では懐かしい。

けれども、今も彼の名を呼ぶだけでドキドキする。

目の前にいることが、嬉しくて仕方ない。

「サーシャ、これからはずっと一緒だね」

蕩けるような微笑。

声は出会った頃より低くなったのに、昔よりもずっと甘く感じるのが不思議だった。

サーシャはユーリの言葉に笑顔で頷き、喜びを噛(か)みしめる。

自分は世界一幸せな花嫁だ。

程なくして教会の鐘(かね)が鳴り響く。

二人の門出を祝ってくれているようだった。

たくさんの人たちからの祝福。

笑顔で交わした挨拶。

幸せの余韻はなかなか消えそうにない。

結婚式のあと、サーシャとユーリは馬車に乗ってバロウズ邸に戻っていた。

今日からは、この白亜の屋敷に自分も住むことになる。家族とは教会で別れたので、ここにはユーリと彼の家族しかいない。寂しい気持ちはあるものの、この日を待ち焦がれていたから嬉しい気持ちのほうがずっと強かった。

「――サーシャさま、お身体を拭き終えたあとは、こちらをお付けしましょう」

気づけば、日は落ちて半月が夜空をぼんやりと照らしていた。

初夜を迎えるにあたってサーシャは大きな浴室で身を清めていたが、脱衣所に戻るとそこで待っていた侍女が小瓶を差し出してきた。

しかし、ひと目見ただけでは、それが何に使うものなのかわからない。

サーシャは濡れた身体を布で拭いてもらいながら、侍女に目を戻した。

「これはなんですか？」

「精油ですわ。これを塗り込めば、肌がしっとりして心地のいい香りがするのです。よろしければ、お手伝いさせてくださいませ」

「え……」

「ご安心ください。腕や背中に軽く付けるだけですから」

「……なら、お願いしてもいいですか？」

「もちろんですわ」

よくわからないが、わざわざ勧めるくらいだからよいものなのだろう。

そう思ってお願いすると、侍女はにっこりと頷いた。

彼女の名はクレア。去年まではこの屋敷にいなかったようで、サーシャとは今日が初対面だ。歳はまだ二十代そこそこのようだが、細やかな気遣いをしてくれる気立てのいい女性だった。

「まずは腕から塗りますね」

クレアは小瓶の蓋を開け、中の液体を数滴ほど自分の手に落とす。

それを左右の手のひらで擦り合わせてから、サーシャの腕に素早く塗り込んでいく。

途端に辺りに甘い香りが漂う。無意識に鼻をひくつかせていると、クレアは微笑を浮かべて小瓶の液体を足し、今度は背中にも塗り込んでいった。

「いかがですか？」

「……いい匂いがします。それに、肌もつやつやになったみたいで」

「それはよかったです。サーシャさまのお肌は何もする必要がないほどお綺麗なので、余計なこととは思ったのですけれど」

「そっ、そんなことはないです。ありがとうございます」

「では、夜着に着替えましょうか」

「はい」

甘くていい匂い。つやつやの肌。

少しでも綺麗になれば、ユーリも喜んでくれるかもしれない。

そう思っただけで胸が高鳴ってしまう。クレアに手伝われてアンダードレスの上からネグリジェを身に纏う間、サーシャはこのあとのことを考えて一人顔を赤くしていた。

「素敵ですわ。ユーリさまもお喜びになるに違いありません」

「……は、はい」

「それでは、お部屋にご案内いたします」

サーシャは促されるまま浴室を出る。

しんと静まり返った廊下は、辺りを見回しても誰の姿もない。

今は八時を少し過ぎたくらいだ。仕事を終えた使用人が各自部屋に戻っていたとしても不思議ではない時間だった。

——なんだか、緊張してきたわ……。

サーシャは廊下を進みながら、胸に手を当てる。

深呼吸を繰り返したが、緊張はなかなか収まらない。なんとか気持ちを解そうと思い、前を歩くクレアに話しかけた。

「あ、あの、ユーリは普段どんなふうに過ごしていますか？」

「……どんなふうにとは？」

「その、クレアさんたちからは、ユーリはどのように見えているのかと思って……。私はこれまで一年に一度彼と会える程度だったので普段の様子を知らないんです」

「そういうことですか。……そう、ですね。私はまだここに来て日が浅いのですが、ユーリさまは誰に対しても物腰が柔らかく、とてもお優しい方でいらっしゃいます。今は旦那さまの代わりに大半の執務をこなしておられますし、この屋敷の皆から頼りにされているのは誰が見てもわかります」

「そうなんですね」

さすがユーリだ。使用人からの信頼も厚い。

クレアの表情にも嘘は見られず、サーシャは自分のことのように嬉しくなる。笑顔で相槌を打つと、彼女も笑顔で頷いた。

「えぇ、ユーリさまを悪く言う者も見たことがありませんわ。例の、趣、味、を知ったときは多少驚きはしましたけれど」

「……え？」

「あッ、いえっ！　申し訳ありません。今のは語弊がありましたわ。新参者なもので些細なことでも必要以上に驚きを感じてしまって……。長くいる他の使用人はごく自然に受け止めていますし、そもそも貴族の方は多彩な趣味をお持ちです。決して悪い意味ではありませんので……っ！」

笑顔から一転、クレアは慌てた様子で頭を下げている。

しかし、彼女が言っている意味がサーシャにはさっぱりわからない。何に対して謝罪しているのかも理解できなかった。

——例の趣味って……？

サーシャは眉を寄せて首を捻る。

考えてみると、今まで彼とはそういう話をしたことがなかった。

手紙では最近の出来事を伝え合うことがほとんどで、直接会えば久々の再会に浮かれてしまうから一緒にいるだけで満足していたのだ。

ユーリはそんなに変わった趣味を持っているのだろうか。

こんな反応をされると気になって仕方ない。あとで本人に聞けばいいとは思ったが、サーシャはそれとなくクレアに探りを入れようとした。

ところが、

「——サーシャちゃん？」

不意に名を呼ばれ、サーシャの意識はそこで逸れてしまう。

声のほうに顔を向けると、ユーリの父アルバートが廊下の先で佇んでいた。

「おじさ……――、いえ…、お義父さま」

「部屋に戻るのかい？」

「はい…、お義父さま…もですか？」

「あぁ、今日はあまりにも嬉しくて飲み過ぎてしまったからね。早めに就寝しようと思っていたところだよ」

アルバートは肩を竦めて苦笑を漏らす。

言われてみれば、今日はずいぶんお酒を飲んでいた。結婚式だけならまだしも、屋敷に戻ったあとの夕食時も、アルバートはいつになく上機嫌な様子で一人でワインを一本空けていたのだ。

けれど、それだけ自分たちの結婚を喜んでくれているということだろう。

アルバートは酔ってもにこにこしているだけなので、お酒が苦手なサーシャも話しているのは楽しかった。

「あの…、お義父さま。これから、よろしくお願いいたします」

「こちらこそよろしく。妻が出席できなかったのが残念でならないよ。急な欠席ですまなかったね」

「そんな…、いいんです。ご無理をなさって悪化してはいけませんから」

「……ありがとう」

申し訳なさそうに言われ、サーシャは言葉に詰まる。

ユーリの母ジュリアは今日の結婚式に出席していなかった。

彼女はずいぶん前から体調を崩していたらしいのだが、数日前に悪化してしまったようなのだ。サーシャはこれまで何も知らずにいたから結婚式の少し前に知って驚いたけれど、それを責めるなんてとんでもない。今はバロウズ家の別邸で療養中とのことなので、落ち着いたらユーリとお見舞いに行こうと思っていた。

「では、そろそろ寝るとするかな。こんなところで引き留めて悪かったね。折角、湯浴みをして温まったのに、これでは冷えてしまう」

「いえ、これくらい……」

なんとなくしんみりした雰囲気になったが、不意にアルバートが気持ちを切り替えた様子で扉に手をかける。

どうやら、そこが彼の自室らしい。

サーシャは毎年この屋敷に来ていたが、誰がどの部屋を使っているかまでは知らなかった。

「おやすみ、サーシャちゃん。今日の花嫁姿は一段と綺麗だったよ」

「あ…、ありがとうございます」

「ふふっ、でも今が一番だね。その香りも、君によく似合ってる」

「……っ」

「じゃあ、また明日」

「は、はい。おやすみなさい、お義父さま……」

アルバートはにこやかに手を振り、部屋に入っていく。

扉はすぐに閉められたが、サーシャは顔を赤くしたままその場でしばし固まっていた。

聞きようによっては勘違いしそうな甘い言葉だ。

けれど、アルバートはいつもこんな感じなのだ。父や母に対してもそうで、昔からサラッと人を褒めて喜ばせるのが上手だった。

——多少は慣れているつもりだったけれど……。

それでも、ユーリと似ているからどうしてもドキドキしてしまう。

はじめて会ったときから八年が経つが、アルバートはあまり老けた感じがしない。

ユーリもあんなふうに歳を重ねていくのだろうか。

想像しただけで、サーシャの顔はまた赤くなってしまうのだった。


それから程なくして、サーシャはクレアの案内で二階の寝室に到着した。

「――それでは、私はここでお暇いたしますね」

クレアは部屋の前で足を止めると、小さく頭を下げる。サーシャは緊張ですぐに反応できなかったが、彼女がそのまま去ろうとしているのに気づいてハッとした。

「おやすみなさい、クレアさん。明日もよろしくお願いします」

「こちらこそ、よろしくお願いいたします。おやすみなさいませ」

互いに挨拶をすると、クレアは静かにその場をあとにした。

彼女の姿はすぐに廊下の向こうに消え、やがて足音も聞こえなくなった。

途端に辺りの空気が冷たくなった錯覚に陥る。それほど遅い時間ではないのに、人の姿が見えなくなるだけで一人取り残された気持ちにさせられた。

――早く中に入ろう……。

サーシャは急に心細くなって部屋の扉を開く。

中は薄暗かったが、部屋の奥にぼんやりとした灯りを感じた。

奥にはベッドがあるのだろう。扉を閉めると天蓋の布が微かに揺れ、布越しに人影がゆらりと動いたのがわかった。

「サーシャ？」

不意に、天蓋の中から声が届く。

どうやら、ユーリは先に来ていたようだ。

彼の声にサーシャの心臓は大きく跳ね上がり、部屋の中程まで来たところで動けなくなってしまった。

「……どうしたの？　サーシャ、いるんだよね？」

「あ…、あの……」

せめて何か言わなければ変に思われてしまう。

そう思うのに、なかなか言葉にならない。

頭が真っ白になって立ち竦んでいると、天蓋の布が大きく揺れる。様子がおかしいと思ったのだろう、ユーリが奥から姿を見せた。

「サーシャ…？」

「……ッ、お…っ、遅くなってごめんなさい……っ」

「そんなことを気にしていたの？　大丈夫だよ、僕もさっき来たばかりなんだ」

「そ…、それなら……よかった……」

「……うん」

ぎこちなく相槌を打つと、彼は不思議そうに頷く。

なんだか、自分でも何を言っているのかよくわからない。

ドクンドクンと激しく打ち鳴らされる心臓の音で呼吸が乱れる。なんとか気持ちを落ち着けようと深呼吸をしてみたが、鎮まる気配がない。ずっとユーリと結婚するのが楽しみで仕方なかったのに、肝心のところで怖じ気づいてしまった。

「き…、き……」

「……き？」

「緊張…、してしまって……」

「……あぁ、そっか。そうだよね」

「ユーリは…、緊張してないの？」

「少しはね。でも、嬉しい気持ちのほうが強いかな。サーシャを抱き締めて眠るのを、ずっと楽しみにしていたんだ」

いつもより優しい声。

甘い甘い視線。

ユーリはゆっくりとサーシャのほうに近づいてくる。

サーシャはごくっと唾を飲み込み、彼の動きをじっと目で追う。ベッドのほうからの朧気な灯りしかないのに、ユーリの瞳が濡れているのがわかった。

しかし、そこでサーシャはあることに気づく。

改めてよく見てみると、彼はまだ寝衣に着替えていなかったのだ。

「ユーリ…、忙しかったの？」

「うん？」

「だって、夕食のときと同じ恰好……」

「あぁ…、これはあとで着替えようと思っただけで、別に忙しかったわけじゃないよ。身体もちゃんと清めてきたしね」

「そうなの？」

「うん、……あ、それより、ちょっとこっちに来てくれるかな。サーシャにお願いしたいことがあるんだ」

「……え、あ…っ」

問いかけに答えながら、ユーリはふと何かを思い出した様子でサーシャの手を取り、そのままベッドのほうへと引っ張っていく。

けれど、サーシャのほうはいきなりのことで激しく動揺してしまう。

もう少し話をするなどして時間をかけるものかと思っていた。まだ心の準備ができていなかったが、それを言葉にする前に天蓋の布の奥へと連れ込まれてしまった。

「あの、ユーリ…――」

「サーシャ、今からこれに着替えてほしいんだ」

ところが、天蓋の布をくぐった直後、やけに嬉しそうなユーリの笑顔が目に飛び込んできた。

「……え？」

サーシャは一拍置いて目を瞬かせる。

目の前にはレースのドレス。

そして、期待に満ちたユーリの瞳。

——ドレス……？

遠慮がちに手を伸ばすと、滑らかな触り心地がした。

胸元と腕の辺りのレースは違う織り方がしてあり、とても繊細な作りだ。

素敵なドレスだとは思うものの、どうして今着替えなければならないのかわからない。

首を傾げながらベッドに目を向けると、そこにはヴェールらしきものが置かれてあった。

「これは花嫁衣装なんだ」

「花嫁衣装？」

「だめかな。似合うと思ったんだけど……」

「そ…、え…？　だめというわけでは……、でも、どうして？　結婚式で着たものとは違うようだけど」

「サーシャに着てほしくて用意したんだ。今夜は、花嫁姿の君を独り占めしたくて」

「……ッ」

蕩けるような微笑に、サーシャの顔は一瞬で赤く染まった。

やはりユーリはアルバートの息子だ。甘い言葉をサラッと言って人を動揺させるのが本当に上手い。もちろん、誰に対してもこんなことを言う人ではないが、彼にそんなふうにお願いされて聞かないわけにはいかなかった。

「……少し待っていてくれる？」

「着てくれるの？　嬉しい。ありがとう」

「これくらい……」

「僕も手伝うよ。使用人を呼び戻すほどのことでもないし」

「え？　で、でも……」

「遠慮なんていらないよ。この衣装、背中のところでボタンを留めないといけないんだ。一人では少し手間取るだろうからね。……ということでサーシャ、僕に背中を向けてくれるかな？」

「あ、はい……」

思わぬ展開に戸惑いつつも、断る理由もない。

言われるままに背を向けると、彼はサーシャの肩に軽く触れてきた。

大きな手の感触が薄い布越しに伝わって思わず肩がビクつく。彼の手は肩から腕、腰へとゆっくり下りていったが、その間、サーシャの心臓はドクドクと激しく脈打ち、体温が上昇するのが自分でもわかるほどだった。

それから少しして、ユーリはネグリジェの裾を捲り上げてくる。

けれど、サーシャはガチガチに固まって動けない。そのことに気づいた彼は小さく笑って耳元でそっと囁いた。

「腕…、上げてくれる？」

「んっ、……は…いッ」

耳に息がかかって、変な声が出てしまった。

真っ赤になって両手を上げると、すぐさまネグリジェを脱がされる。

あっという間にシュミーズだけになってさらに心臓がうるさくなったが、今の彼の目的は脱がすことではない。

ユーリは一旦ベッドに置いた花嫁衣装を取り上げ、丁寧に裾を広げてからサーシャに着せていく。器用な手つきで左右の袖を通すと、すとんと布が落ちていって裾のところでふわりと舞った。

「……きついところはない？」

「ううん、ぴったりだわ」

「よかった。あとはヴェールを掛けて……。うん、やっぱり似合う。サーシャ、すごく綺麗だよ……」

「あ…、ありがとう」

大きな白い羽根が頭の両端に飾られたレースのヴェール。

肌触りがいいシルクのドレスは身体の線がわかるようなぴったりした作りだが、可憐に感じるのは胸元と上腕についたフリルがふんわりしているからかもしれない。

ユーリは背中のボタンを留めると一歩下がり、眩しそうにサーシャを見つめる。頭のてっぺんからつま先までを何度も目で往復し、満足げに頷いていた。

――こんなに素敵なドレスを用意していたなら、言ってくれればよかったのに……。

サーシャの家で用意してしまったから言い出せなかったのだろうか。

ここで着るだけだなんて贅沢すぎる。どうせなら結婚式で着たかった。

「サーシャ……」

「……ん」

不意に頬に触れられ、サーシャは息を呑む。

ユーリはうっとりした様子で目を細めていた。

オイルランプの灯りで、彼の琥珀色の瞳が一層煌めいて見える。頬にかかった髪が肌に影を落とし、ただそれだけのことがやけに艶めかしく感じられた。

「この日を、この夜をどれほど待ち焦がれたことか……」

「ユーリ……」

「もう二度と離さないよ。これからは、ずっと一緒だ」

「あ…っ、ん……」

囁きながら顔が近づき、少し間を置いて唇が重なる。

砂糖菓子よりも甘い、はじめての口づけ。

この日を待ち焦がれていたのはユーリだけではない。

サーシャなんて、出会ったその日には彼のことを好きになっていた。会いに来てもすぐまた離れなければならず、そのたびに早く結婚したいと願い続けてきた。

「サーシャ…、君が好きだよ」

「ん…、ん……」

彼はサーシャを横抱きにすると、静かにベッドに組み敷く。

重ねるだけのキスを繰り返しながら、至近距離で見つめ合う。

ユーリの瞳は淫らに濡れていて、そのことに気づいた途端、心臓が大きく跳ね上がる。

抱き締める腕の力も思いのほか強く、今ほど彼が男性だと感じたことはなかった。

——大丈夫…、怖くない。だってユーリだもの……。

いつだってユーリは優しかった。

だから、最後まで身を委(ゆだ)ねていればいい。

サーシャは不安を払拭するように何度も自分に言い聞かせた。

「っは…ぁ、……ンッ」

不意に、首筋を指でなぞられて肩がびくつく。

それはすぐに鎖骨へと向かい、少しずつ胸の膨らみをのぼっていった。

服の上からとはいえ、薄い生地だから鮮明に感触が伝わって、びくびくと身体が波打ってしまう。ユーリは反応を楽しむように、指先の感触が残る首筋に熱い息を吹きかけては唇を肌に押しつけていた。

「あ……っく………」

「ふふっ、かわいい声……」

「んぅ…、ユー…リ」

鼻にかかったような喘ぎは次をねだっているかのようだ。

あまりの恥ずかしさに、サーシャは真っ赤になって身を捩る。これ以上変な声を出さないようにと唇を引き結んでみたが、胸の頂を指で突かれると堪らず声が出てしまった。

「あぁぅ…ッ」

膨らみを弄る大きな手。

布越しでも伝わる手のひらの熱。

もう片方の手はサーシャの背中に回されていたが、首の後ろや肩甲骨を指でなぞりながらボタンが外されていく。留めたばかりの背中のボタンがいとも容易く外され、あまりの器用さにサーシャは驚きを隠せなかった。

しかし、ユーリは考える間など与えてはくれない。

乳房を弄っていたほうの手で胸元の生地を引っ張られた途端、するすると布が滑って肩が剝きだしになり、一気に腰の辺りまで脱がされてしまったのだ。

「……あ……」

下にはシュミーズを着ていたから裸というわけではなかったが、その早業に思考が追いつかない。呆気に取られていると、ユーリは僅かに息を乱しながらシュミーズに手をかけた。

「サーシャ、腕を上げて。これも脱いでしまおうね」

「ユーリ…、あの……」

「どうしたの？　大丈夫だよ、恥ずかしいことは一つもないからね。ここには僕しかいないんだ。だから、サーシャのことを全部教えて。嫌だと思うことは絶対にしないから……ね？」

「う…ん……」

「ありがとう。僕の身体も全部見ていいからね」

「……う…うん」

そっと頬を撫でられ、サーシャは小さく頷いた。

優しく触れられただけで力が抜けていく。蕩けるような眼差しを向けられれば不安など消えてしまう。我ながらなんて簡単なのだろうとは思うが、こうなるのは彼が好きだからとしか言いようがない。

それに、サーシャだってユーリの身体には興味がある。

彼のほうは服を着たままだったから、脱いだ姿も見てみたかった。

サーシャが躊躇いがちに両腕を上げると、すぐにシュミーズが脱がされて上半身があらわになる。ユーリは脱がしたシュミーズを握り締め、感嘆した様子で目を潤ませた。

「なんて綺麗な身体だろう……」

「そ…、そんなことないわ」

「本当だよ。肌も柔らかくてすべすべだし、かわいく尖ったココも果実みたいだ。柔らかな胸…、細い腰……。どこもかしこも、僕のことを誘惑してるとしか思えない……」

ユーリは声を震わせながら、つんと尖った乳首を指で突く。

「あ…んっ」

思わず喘ぎを上げると、ごくっと生唾を飲む音がした。

欲情を隠すことなく、彼はサーシャの胸に顔を近づける。色づく蕾を口に含んだ瞬間、堪らないといった感じで膨らみを揉みしだいた。

「んっ、あっ、あっ」

舌先で蕾を転がされ、勝手に声が出てしまう。

彼の手の動きに合わせて乳房は柔軟に形を変えていたが、それほど力が入っているわけではないから少しも痛くない。むしろ、緩急をつけた手つきも淫らな舌使いも、すべてが気持ちよかった。

「……もっと、触ってもいいよね？」

「っは…、んっ」

ユーリは乳首をぺろりと舐め、濡れた目でサーシャを見上げる。

けれど、上気した頬があまりに色っぽくて言葉が出てこない。黙っていると、赤い舌で執拗に蕾を嬲られ、お腹の奥がぞくぞくと震えた。

「ん……っふ…ん、ん……」

なんて恥ずかしい声だろう。

自分の口を手で押さえると、ユーリは首を横に振ってその手を掴む。

それでも口を引き結んで堪えていたが、舌で突起を嬲りながら脇から下腹部を弄られているうちにすぐに我慢できなくなってしまう。

サーシャがまた喘ぎはじめると、ユーリは満足げに目を細めておへその窪みを舌先で刺激していく。その間も彼の手は動きを止めることなく、脇腹のほうまで戻ると背中に腕を回し、細部まで確かめるようにして丹念に指を這わせていった。

「あ…ぅ…、ユーリ、そんなにあちこち触らないで」

「どうして？　イヤだった？」

「そうじゃないけど、なんだかおかしくなりそうで……」

「どこがおかしくなりそう？」

「お…、お腹の辺り……とか？」

「お腹だけ？　他には？」

「あとは…、よくわからない……」

「……そう」

曖昧に答えると、ユーリは微かに唇を歪めた。

ややあって、彼はゆっくりと上体を起こし、サーシャの身体を眺めながら太股にそっと手を置く。乱れたスカートの上からやんわりと太股を撫で、探るような眼差しを向けられた。

「ん…っ」

サーシャはびくびくと肩を震わせ、無意識に脚を閉じてしまう。

この先を想像しただけで羞恥が募る。どうしていいかわからなくて親指のつま先を擦り合わせていると、彼は小さく笑ってスカートを少しだけ捲り、ふくらはぎを撫でながらサーシャの膝に口づけた。

「細い脚だね。足首なんて、僕の片手だけで輪を作れそうだ」

「そんなに細くないわ……」

「なら、摑んでみようか。……ほら、親指と中指がくっついてしまった」

ユーリは言いながら、サーシャの足首を右手で軽く摑んだ。

見れば、確かに親指と中指がくっついて輪になっていた。

そこまで細い自覚はなかったから一瞬驚いたが、よくよく見てみればユーリの手はかなりの大きさだ。けれど、ユーリは彼と同い年のサーシャの兄より背も高かったので、手が大きいのも当然なのかもしれなかった。

「それにしても、本当に綺麗な肌だね。足首も、ふくらはぎも、膝頭でさえ……。太股なんて口づけたくなるほど……」

「……あ」

ぼんやりしていると、彼の手は徐々に上に向かっていった。

サーシャはびくびくと肩を揺らし、その動きを目で追いかける。閉じていたはずの脚はいつの間にか大きく開かされ、スカートも捲られて肌があらわになっていたが彼の動きから目が離せない。

ユーリは足首からふくらはぎ、膝頭を撫でたあと、追いかけるように口づけていく。

太股の内側に口づけられて、サーシャはびくんと肩を揺らし、同時に身体の中心に熱が灯るのを感じて切なくなる。

「ン…っ、そんな場所、だめ……っ」

「サーシャの太股…、すごく柔らかいね。触り心地も堪らない。僕は、サーシャのことを何も知らなかったんだね」

「ひぁ……ッ」

熱い息が太股にかかり、サーシャは甲高い声を上げてしまう。

すると、ユーリは小さく笑って舌先を突き出す。サーシャの反応は一層激しくなり、彼はそれを確かめながらドロワーズの腰紐をするすると解いていった。

「サーシャ、少しだけ腰を浮かせられる?」

ユーリは掠(かす)れた声で囁き、ドロワーズの裾を軽く引っ張った。

「……んっ、あ…あぅ……ッ」

彼が声を発するだけで肌に息がかかって全身がビクつく。

サーシャは何を求められているのかわからぬまま腰を上げていた。

直後、ユーリはぐっと手に力を込めてドロワーズを引き下げる。それはあまりに一瞬のことで恥じらう間さえない。気づいたときには彼に両足首を掴まれ、大きく開脚した状態で秘所を見られてしまっていた。

「……少し…、濡れてるね」

「あぁ、やっ、そんな……ッ」

「さっき、お腹の辺りがおかしくなりそうって言っていたけど、こういうことだったんだね。サーシャのココ…、ひくひくしてかわいい……」

「ひっ、あああぅ……ッ」

不意に、生温かいもので秘部を刺激されて背を反らす。

サーシャの中心をユーリが舐めたのだ。

あまりの羞恥に、サーシャの全身が燃えるように熱くなる。

それに追い打ちをかけるように、彼は秘部に息を吹きかけては舌で舐っていく。陰核を突き、襞を往復し、次々湧き出る蜜を舐め取っていった。

――ユーリが…、あんな場所を舐めるなんて……。

サーシャは肩で息をしながら、秘部に顔を埋めた彼を見下ろす。

なんて卑猥な光景だろう。これは夫婦なら普通の行為なのだろうか。

疑問に思ったのも束の間、中心から響くいやらしい水音にサーシャは慌てて自分の耳を手で押さえた。

しかし、そうすると音がほとんど聞こえなくなる代わりに、なぜか先ほどよりも刺激を強く感じる。敏感な突起を指で擦られると、サーシャは全身をびくつかせ、自分の耳を塞ぐことなど呆気なく忘れて激しく喘いでしまっていた。

「あぁあっ、あっあっ、あぁあ……っ」

やがて、ゆっくりと彼の指が中心に差し入れられる。

入り口はとても狭く、強い違和感を覚えたが、濡れていることもあってさほど痛みは感じない。彼の長い指はサーシャの内壁の感触を確かめるように動き、一方で熱い舌は丹念に襞を嬲り続けていた。

きっと、嫌だと言えば彼はすぐに止めてくれるだろう。

それなのに、サーシャは真っ赤になって嬌声を上げるだけだ。

ユーリが自分に酷いことをするわけがない。絶対の信頼があるからこそ、彼を拒絶するなどあり得ないことだった。

「サーシャ…、君は本当にかわいいね」

「あっ、あぁ…ッ、ユーリ、ユーリ……ッ」

「こんなに僕の指を締め付けて、すごく感じているんだね。君と一つになったら僕はどうなってしまうんだろう。滅茶苦茶にしてしまいそうで、なんだか怖くなるよ」

「あっあっ、ン……ッ、あっ、ユーリなら……いい……」

「何を言うの。そんなに甘やかしてはだめだよ」

「いい…の…、ユーリになら滅茶苦茶にされてもいい……っ。あっ、あぁっ、大好き、大好き、大好き……ッ！」

「……っ」

想いの丈を叫ぶと、ユーリが息を呑んだのがわかった。

大胆なことを言ったとは思うが、取り消すつもりはない。

大体、サーシャはいつも甘やかされているのだ。少しくらい大変でもいいから、今夜はユーリの思うままにしてほしい。ねだるように太い指をきゅうっと締め付けると、ユーリは微かに息を乱して身を起こした。

「少しだけこのままでいて。すぐに服を脱いでしまうから」

「あ……」

指を引き抜かれ、その刺激で甘い声が出てしまう。

サーシャが顔を赤くすると、ユーリは小さく笑いながら襟に巻いたクラバットに手をかける。片手だけで器用にピンを外し、首元を緩める様子は実に手慣れたものだった。

――でも、ユーリの手…、濡れているような……。

ふと見ると、彼の手は濡れていた。

オイルランプの朧気な灯りでもわかるほど濡れ光った指。

ぼんやり見ているうちにサーシャはハッと目を見開く。あの指が先ほどまで自分の内壁を刺激し続けていたと気づいた途端、また顔が燃えるように熱くなって慌てて起き上がった。

「どうしたの？」

「あっ、あの……っ」

「ふふっ、すぐだって言ったのに……。なら、手伝ってみる？」

「えっ…っ」

「大丈夫だよ。難しいことなんてないから。サーシャには、ボタンを外してもらおうかな。ジレと、中に着てるシャツのボタンね」

「それだけでいいの……？」

「全部脱がせたい？」

「……そ、その……、ボタンだけ、外すわね……っ」

考えていたことを見透かされ、サーシャは誤魔化すようにジレに手を伸ばした。

けれど、自分が脱ぐわけではないから、いつもと角度が違って思いのほか難しい。不器用な手つきでボタンを外す様子をユーリは楽しそうに見ていた。

なんとかジレのボタンを外すと、サーシャはふぅと息をつく。

その間にユーリが気を利かせてジレを脱いでくれたので、今度はシャツのボタンを外しはじめる。ユーリの濡れた手を拭こうと思っていただけだったから、こんなことをさせてもらえるなんて思っていなかった。

サーシャはちらっと彼の手に目を移し、少しだけがっかりした気持ちになる。

いつの間にか、ユーリの指は乾いてしまったようだ。恥ずかしくて拭こうとしていたはずなのに、自分の蜜で濡れた彼の指をもう少し見ていたかったなどと密かにそんなことを考えていた。

「ありがとう。これで全部だね」

「う…ん」

すべてのボタンを外すと、ユーリは素早くシャツを脱いだ。

サーシャは布の擦れる音にドキドキしながら、彼の身体をじっと見つめた。

服の上からではわからなかった逞（たくま）しい胸板。

美しい鎖骨の曲線。上腕についた筋肉。

――ユーリの身体…、すごく綺麗……。

男性の身体がこんなに綺麗だったなんて……。

父や兄がいたところで、そうそう身体を見る機会はない。男性の裸体が描かれた絵画があると聞くが、それも見たことはない。要するに、サーシャがはじめて見る男性の身体がユーリのものだった。

「サーシャ、僕の膝にのっていいよ」

「膝…？」

躊躇いがちに聞き返すと、ユーリは両手を広げた。

「早くおいで」

「は、はい……」

よくわからないが、サーシャは言われるままに彼の膝にのった。

するとふわりと抱き寄せられ、耳たぶを甘噛みされる。びくっと肩を揺らすと、こめかみと頬に口づけられ、そのまま唇も奪われた。

「……ン、っんぅ……」

だが、先ほどのキスとはまるで違う。

唇の隙間から舌が差し込まれ、サーシャの舌はすぐに捕らえられてしまう。

熱くぬめった感触。蛇のように絡みついて離れない。

サーシャはどうやって息をすればいいのかわからず、小さく藻搔く。

ユーリはその様子に気づいて少し力を緩めてくれたが、口づけはなおも続き、乳房を揉みしだきながらベッドに押し倒された。

「あぁ…う…、んっ、んっ」

すっかり忘れていたが、サーシャはほぼ裸と言ってもいい状態だった。

ドレスは腰まで下ろされて、上半身は何も身につけていない。下半身もスカートが捲れ上がって太股が剝きだしになっている。また、ドロワーズとシュミーズはベッドの隅に置かれ、ヴェールなどは気づかぬうちに取れていてどこに行ったのかもわからない。こんなあられもない姿でユーリの服のボタンを外していたことを思うと、顔から火が出そうなほど恥ずかしかった。

「サーシャ、好きだよ。もう君を僕のものにしてもいいんだよね」

「ん、あっ、ユーリ……」

「……サーシャ？」

「……、……はい」

キスの合間に囁かれ、心臓が大きく跳ねる。

まっすぐ見つめられると、サーシャは息を震わせてこくんと頷いた。

ユーリは嬉しそうに微笑んで、そっと頬を撫でてくれる。優しい手つきにうっとりとしている間に彼はもう一度軽く口づけ、身を起こして素早く下衣を寛げた。

「……ッ」

何げなくその様子を見つめて、サーシャは思わず息を呑む。

はじめて目にした男性器。

怒張(どちょう)して脈打つそれは、違う生きもののようだった。

——あんなに大きなものが身体に入るの……？

呆然(ぼうぜん)としていると、足首を掴まれて大きく開脚させられた。

「あっ、んんっ」

ユーリはやや性急な様子でサーシャの秘部に手を這わせてくる。

そのまま中指と薬指を入れられて喉を反らすと、指の腹で内壁を擦られ、くちゅくちゅと淫らな水音が響きだす。サーシャはすぐに堪らなくなって彼の指をきゅうっと締め付けた。

「サーシャ…、もう入れるよ」

「っは……あ、あ……」

それから程なくして、指が引き抜かれると同時に入り口に硬いものが押し当てられる。サーシャは小刻みに息をしながら下腹部に目を移す。熱い先端が秘芯に突き立てられていて、今にも一つになってしまいそうだった。

やがて、ユーリの腰に力が入ってサーシャは息を詰める。

奥へと押し入ってくる熱塊。大きくて苦しい。繋がりが深くなるにつれて内壁への圧迫も強まり、その刺激から逃れるように身を捩った。

「あぁ、あ、あ、あ……ッ」

「っく……」

けれど、すぐさま腰を引き寄せられて一層繋がりが深くなってしまう。

喉を反らしてわななくも、その動きが止まる様子はない。

ユーリは苦しげに眉根を寄せると、さらに腰を突き出してくる。サーシャの喉元にかぶりつき、ぐっと腰を押し進めて一気に最奥まで貫いたのだった。

「あぁあぁー…ッ！」

部屋に響く悲鳴に似た嬌声。

サーシャはぼろぼろと涙を零し、彼の首にしがみつく。

彼のほうもサーシャをきつく抱き締め、激しく息を乱していた。

かぶりつかれた喉に彼の歯が軽く当たり、呼吸のたびに肌を擦られているようでぞくんと背筋が粟立つ。抱き締める腕の熱さで自分の体温も上がっていくのがわかって頭がくらくらした。

「……サーシャ、大丈夫？　痛い？」

「ン…、……す、少し……。でもこれくらい平気……」

「本当に？」

「ほ…、本当に平気……」

「……」

本当は痛くて仕方なかった。

それでも、やめてほしくなかったから強がりを言った。

ユーリは顔を覗き込んできたが、サーシャは「平気」と繰り返す。

はじめては痛いものだということくらい自分だって知っている。

だから、多少強引だろうと構わないのだ。

それよりも、いつもは優しすぎるほどの彼にこういう一面があると知ることができたのえ思えた。

が嬉しかった。強く求められているのがわかって、こんな痛みなどなんてことはないとさ
「……あ、そうだ」

見つめ合っていると、ユーリはふと身を起こす。

彼は何かを思い出した様子で唐突に枕の下に手を突っ込み、そこから小さな箱のような
ものを取りだした。

「それは……？」

いきなりどうしたというのだろう。

目の前に小箱を差し出され、サーシャは首を傾げる。

ユーリはくすりと笑って箱を開け、その中に入っていたものを手に取った。

――プレゼント…かしら……？

かわいらしいレース地の布だった。幅が二センチくらいあり、両端が縫われてリング状
になっているが、見ただけでは何に使う物かはわからない。

ユーリに目を戻すと、彼はくすくす笑って思いがけないことを言った。

「覚えてないかな。これは、サーシャが僕にくれたリボンだよ。僕たちがはじめて会った
日、君は自分のお気に入りだからもらってほしいと言ってこれをくれたんだ」

「……え…、あ…ッ!?」

「ふふっ、思い出した？」

「これ…、あのときの？　ユーリはずっと持って……？」

「君が大事にしていたものなんだから、僕にとっても宝物だよ。まぁ、最近まで何も手を加えずにしまっていただけなんだけどね。折角なら使えるようにしたほうがいいかなと思って、リボンの両端を縫い合わせてみたんだ」

「……そ…うだったの」

だが、縫い合わせたらリボンとしては使えそうにない。

とはいえ、リボンのままだと彼にとっては使い道に困るものだったろうから、リング状にすることで違った利用法があるのかもしれなかった。

「サーシャ、手を出して。右と左、どちらでもいいよ」

「手…？　えっと…、じゃあ右手で」

よくわからないまま、サーシャは咄嗟に利き手を出す。

すると、彼は自身の左手でサーシャの手を握って指を絡めてきた。

普通に手を繋ぐのとは違って、なんだか恥ずかしい。頬を赤くしていると、ユーリはリング状にしたリボンを二人の手首に巻きつけた。

「これで、何があっても離れずにいられる」

「……何があっても？」

「そう、絶対に離れられない」

「ユーリ……」

「愛してるよ、サーシャ。僕だけの花嫁……」

彼は耳元で甘く囁き、絡めた手に力を込めた。

そのままベッドに組み敷かれ、そっと唇が触れ合う。はじめは小鳥が啄むようなキスだったが、いつしか舌を搦め捕られて深い口づけになった。

苦しいほど唇を貪られているうちに、彼は腰を揺らしはじめる。

その動きは少しずつ速くなり、やがて激しい律動へと変わっていった。

「あっ、あぁっ、あっあぁ……ッ」

燃えるような眼差し。

濡れた瞳の奥に見え隠れする情欲。

上気した頬、薄く開けた唇から覗く淫らな赤い舌。

こんな彼を見るのははじめてだ。

サーシャは嬌声を上げながらも、ユーリから目を逸らせない。

狂おしいほどの抽送で痛みはあるはずなのに、もはやそれどころではない。凄絶なまでの色気で心臓を鷲摑みにされて、ただただ翻弄されるばかりだった。

「あっ、ひぁっ、あっあぁう……っ」

「サーシャ、ずっと夢見ていたんだ。花嫁の君を抱きたかった。これほど美しい花嫁は他にいない。世界中探したってどこにも……っ」

息を弾ませながら紡がれる甘い囁き。

最奥を突き上げられ、サーシャは苦しくて眉根を寄せた。

けれど、感じるのはそれだけではない。

忙しなく前後する腰。肌と肌がぶつかり、繋がった場所から響くいやらしい水音。

お腹の奥から感じる切なさは、快感以外の何ものでもない。これほど激しくされているのに、ドロドロに溶けた甘い液体で全身を愛撫されているようで、下腹部から熱が広がっていくのを感じていた。

「サーシャ…、好きだよ、サーシャ……っ、…っう……、すご…い……」

「ひ…んっ、あっあっ、あっ、あぁ…っ、そんなにしたら……ッ」

襲いかかる快感から逃れようと、サーシャは彼の胸の中で小さく藻掻く。

だが、きつく抱き締められて呆気なく動きを封じられ、代わりに小刻みに身体を揺さぶられた。

お腹の奥が熱くて堪らない。

そんなに中を擦られたらおかしくなってしまう。

行き交う彼の熱で次第に頭の芯がぼやけてくる。奥を突かれるたびに、何かが迫り上がってくるのがわかった。

　もしかしたら、ユーリはただ闇雲に動いているわけではないのかもしれない。サーシャが大きく反応すると、彼はそこばかりを執拗に擦るのだ。

「ああっあっ、あぁあ……ッ」

　サーシャはもう喘ぐことしかできなかった。

　彼のものを強く締め付ければ、さらに激しく身体を揺さぶられて一層追い詰められてしまう。

　そのうちに内壁が痙攣（けいれん）しはじめ、目の前が白んでいく。

　はじめての絶頂の予感に怯（おび）え、サーシャは必死でユーリにしがみついた。

「あっあっ、だめ、も…、だめ…ッ！　あっ、あぁっ、あああっ！」

「サーシャ…、僕も、もう……。このまま一緒に……っ」

「ユーリ、ユーリ……ッ！　ああッ、あぁあ……ッ、あぁあああぁあ——…ッ！」

　直後、がくんと全身が波打ち、嬌声が部屋に響き渡った。

「——…っく…ッ」

　貪るような口づけを受け止めながら、断続的な痙攣で雄々しい熱を締め上げると切ない喘ぎが耳に届く。

　隙間もないくらい互いの身体を密着させ、最奥を突き上げられる。

呼吸もままならないほどの快感の中、サーシャは自分の奥が白濁で満たされていくのを感じて唇を震わせた。

いつしか狂おしいほどの抽送は徐々に緩やかになっていく。

気づけば彼の動きは完全に止まっていて、部屋に響くのは二人の激しい息づかいだけになっていた。

「はぁっ、はぁ、んっ、は、あ…ッ、あ…、はぁ……ッ」

もう指一本も動かせそうにない。

絶頂の余韻で喉をひくつかせていると、サーシャの頬に熱いものが伝う。

それに気づいたユーリは僅かに身を起こし、指の腹で優しく拭ってくれた。宥めるように顔中にキスを降らせ、彼は二人の手首に巻きつけられたリボンにも愛おしそうに唇を寄せていた。

——ユーリ、あのときのリボンを持っていてくれたんだ……。

今さらながら、嬉しさが込み上げてくる。

サーシャも、彼からもらった人形をずっと宝物にしていた。同じように大事にしてくれていたと知って、胸がいっぱいで涙が止まらなかった。

「サーシャ、身体は大丈夫？　痛みは……？」

「……平気よ」

「本当に？　途中から、激しくしてしまったけど」

「ん…、大丈夫。ユーリは優しかったもの」

「そう…かな」

「ええ、とても優しかったわ……」

心配そうなユーリを見上げ、サーシャは笑みを零す。

嘘など言っていない。

痛みなど、途中からどこかへ行ってしまった。激しくされても、嬉しい気持ちしかなかった。

「……ありがとう」

そんな想いが伝わったのか、彼も静かに微笑む。

その優しい眼差しにきゅうっと胸が締め付けられてしまう。

思わずぽろっと涙を零すと、ユーリは唇で涙の粒を拭い取る。サーシャを抱き起こして膝にのせ、完全に力の抜けてしまった身体を抱き締めた。

「もう少し、このままでいさせて。何もしないから……」

「……ユー…リ……」

ユーリは耳元で囁き、サーシャの背をやんわりと撫でる。

身体を繋げたままだから、中心の熱がまだ僅かに燻（くすぶ）っているのがわかったが、彼はこれ以上何かをするつもりはないようだった。

背中を撫でる手が心地よくて、徐々に意識が遠のいていく。

サーシャは温かな腕の中で幸せに浸りながら瞼を閉じた。

時折、絡めた手に力が込められるのを感じたが、そのまま深い眠りに落ちて朝まで目が覚めることはなかった。

第二章

——幸せな一夜を過ごした翌日、バロウズ家に嫁いではじめての朝。

初夜を過ごしたばかりと気遣ってか、誰一人自分たちを起こしに来る者はいなかった。

そのためサーシャは普段より遅く目が覚め、先に起きていたユーリと仲良く着替えを済ませて食堂に向かった。

「おはよう、お兄さま、サーシャちゃん」

食堂に足を踏み入れると、少女の笑顔で迎えられた。

窓から注ぐ日の光で輝く金髪に、明るい琥珀色の瞳。

彼女はユーリの十三歳下の妹エミリだ。

すっかり大きくなって、今や八歳。はじめて会ったときに赤ん坊だったのが嘘のようだった。

「おはよう、エミリ」

「エミリちゃん、おはよう」

挨拶を返すと、エミリは少し照れたように笑っていた。

相変わらずのかわいさだ。昨日は結婚式が終わってからこの屋敷に戻って夕食の時間をともに過ごしたが、エミリとはほとんど話せなかった。彼女は慣れない行事に疲れてしまったようで、食事中はずっとウトウトしていたからだ。

「先に食べていてもよかったのに、僕たちを待っていたのかい？」

「だって、サーシャちゃんがお嫁に来てはじめての朝食だもの。一年ぶりに会えたのに昨日はちゃんと挨拶できなかったし……」

「ありがとう、エミリちゃん。これからもよろしくね」

「う、うん…っ」

薔薇色に頬を染め、エミリはキラキラした目で頷く。

あまりの愛らしさに、思わず抱き締めたくなってしまう。ユーリと顔立ちが似ていることもあって、まっすぐ向けられる好意がくすぐったくてならなかった。

「あら？　そういえば、お義父さまは……。もうお食事は終えられたのかしら」

サーシャはそこでふとアルバートの姿がないことに気づく。

来るのが遅かったから行き違いになってしまったのかもしれない。

　そんなことを思いながら、なんとなく食堂の出入口に目を向けると、エミリがぽつりと答えた。

「お父さまは、まだ寝てるみたい」

「まだ…？　あ…、昨日は飲み過ぎたと仰っていたわ。きっとお疲れなのね」

「……ううん、いつもこんな感じなのよ」

「え？」

　思わぬ返答に、サーシャはエミリに目を戻す。

　眉を寄せ、拗ねたように小さな唇を尖らせたエミリの表情は、先ほどまでと違って不機嫌そうだった。

　——いつもこんな感じって、朝が弱いということかしら……。

　首を傾げていると、苦笑気味にユーリが言葉を加えた。

「父上は夜更かしをすることが多くてね。朝食の時間に起きてくることはほとんどないんだよ。まぁ、外泊も多い人だから、そもそも一緒に食事をとる機会が少ないんだ。だから、サーシャも気にしなくていいからね」

「そう…なのね」

　そんなこと、まったく知らなかった。

「では食事にしようか。サーシャの席は昨夜と同じで僕の前でいいよね」

「え、ええ」

内心驚きながら、サーシャは促されるまま席につく。

年に一度、サーシャが家族と一緒にバロウズ家に来たときはいつも全員が揃っていたから、普段からそうだと思っていた。実際は客がいる間だけ特別にそうしていただけということか。

——昨夜、お義父さまに会ったときは、すぐにでも寝てしまいそうな雰囲気だったのに……。

サーシャの実家では食事の時間は家族全員で過ごすのが当たり前だったから、すごく変な感じだ。

ユーリたちの母ジュリアも今は病気療養中でこの屋敷にはいない。

これまで兄妹だけで過ごしていたと思うと余計に寂しかった。

「……お父さまってば本当にだらしないんだから。今日くらい、ちゃんと起きてくると思ってたのに」

「エミリちゃん……」

ため息混じりのエミリの呟き。

彼女はサーシャの隣に座っていたが、その横顔は完全に呆れかえっていた。

父親に対するなかなか辛辣な言葉に、なんとも言えない気持ちになる。

ユーリはどう思っているのだろう。反応が気になって前を見ると、彼は驚くほど冷めた目で食堂の出入口のほうを見ていた。

「ユー……リ……？」

「……あ、すまない。少しぼんやりしてしまった。美味しそうなパンだね。今日はいつも以上に、料理人が心を込めて焼いてくれたようだ」

サーシャの視線に気づいたユーリは何事もなかったかのように笑っていた。

——なんだ、ぼんやりしていただけ……。

いつもどおりの優しい顔にサーシャはほっと胸を撫で下ろす。あんなに冷たい目をしたユーリははじめてだったからびっくりしてしまった。

「本当、美味しい！　サーシャちゃんも食べてみて！」

「ええ、いただきます」

エミリのほうも、すでに気持ちを切り替えた様子でパンを頬張っていた。

サーシャは急かされるまま焼きたてのパンを手に取る。

頭の隅に彼の冷たい眼差しがちらついていたが、折角の楽しい雰囲気を壊してしまう気がして話を蒸し返すことはできなかった。

❀　❀　❀

その後、朝食を済ませたサーシャは一人部屋に戻ろうとしていた。

「……お腹いっぱい。少し食べ過ぎてしまったわ」

焼きたてのパン、魚介のスープに羊肉のソテー。

食後にはデザートも出てきて、そのすべてがとても美味しかった。

けれど、『どんどん食べてね』とエミリがいくつもパンをくれるものだから、食べ過ぎてお腹が苦しい。ユーリと似ているからだろうか。まっすぐな笑顔を向けられると、なんでも言うことを聞いてあげたくなってしまうのだ。

――楽しかったからいいけど……。

食前のぎこちない空気は、食べはじめる頃にはすっかりなくなっていた。

冗談を言っては笑い合い、賑やかで楽しい時間だった。

エミリとはきっともっと仲良くなれるだろう。彼女は食後すぐに自室に戻ってしまったが、あとでサーシャたちの部屋に遊びに来ると言っていた。

「ユーリは…、しばらく戻れないかしら」

ぽつりと呟き、サーシャは廊下を振り返る。

ユーリとは食堂で別れたきりだ。食事を終えた直後に突然の来客があり、彼はアルバートの代わりに応対に行ってしまったのだ。

――執務の大半をユーリが任されてるって言っていたものね……。

昨夜、寝室まで案内してくれた侍女との会話を今さらながら思い出す。

結婚すれば四六時中彼と一緒にいられると思っていたが、さすがにそれは夢を見すぎていたようだ。

バロウズ家はさまざまな事業を手がけていると聞いている。

結婚したばかりとはいえ、ユーリはこの家の跡継ぎなのだから、多少忙しくても無理はなかった。

「あ、早く戻らないと。エミリちゃん、もうお部屋に来てるかしら……」

ぼんやり廊下を見ていると、窓の外から聞こえた鳥の羽音で現実に戻される。

のんびりしている場合ではない。エミリを待たせてはかわいそうだと思い、サーシャは少し早足で部屋に向かう。

そのとき、

――キイ……。

不意に、すぐ近くで扉の開く音がした。

何げなく振り返ると、通り過ぎたばかりの部屋の扉が開いている。

しかし、そこから若い侍女が出てきたのを見た途端、サーシャの足はぴたりと止まってしまう。その侍女がなぜか乱れた胸元を直しながら、やけに上気した顔で出てきたからだった。

――どういうこと……？

最近入った侍女ではなさそうだ。何度か見たことがある顔だった。

食い入るように見つめていると、彼女もサーシャに気づいたようだ。

「……あ…、あの……」

その顔はみるみる青ざめていき、慌てて後ろ手で扉を閉めている。

バタンッと少し大きめな音が響き、侍女は引きつった顔で「すみませんっ」とサーシャに頭を下げた。

けれど、それが『何』に対しての謝罪なのかがわからない。

反応できずにいると、彼女は胸元を手で押さえながら、いそいそと逃げるように行ってしまった。

「今のって……」

サーシャは困惑しながら、辺りを見回す。

廊下には誰もいない。見ていたのは自分だけだ。

どうすればいいのかわからず、そのまま扉の前で様子を窺ってみる。

部屋の中からは物音が聞こえなかったが、サーシャは振り切るようにその場をあとにした。本当は扉をノックして確認すべきだったのかもしれないけれど、妙な胸騒ぎがしてどうしてもできなかった。

今のはなんだったのだろう。

自分は何を見てしまったのだろう。

あそこは、昨夜アルバートが入った部屋だった。

「……どうしよう……」

急いで自室に戻ると、サーシャは呆然と立ち尽くす。

だが、すぐにじっとしていられなくなって部屋を歩き回り、なんとか違う答えを見つけようとぐるぐると思考を巡らせた。

「あ…、もしかしたら、私の勘違いかもしれないわ。いくつも部屋があるんだもの、隣の部屋だったのかもしれないし……」

独り言を言いながら、サーシャは何度も頷く。

きっとそうに違いない。先ほどの侍女は部屋の掃除でもしていたのだろう。頑張りすぎたから顔が赤かったのだと強引に納得しようとした。

——コン、コン。

その直後、扉をノックする音が響く。

「は、はい…ッ！」

サーシャは飛び上がりそうなほど驚きながら反射的に返事をする。

胸を押さえて振り返ると、ゆっくり扉が開いて小さな顔がちょこんと覗いた。

「サーシャちゃん」

「……あ、エミリ…ちゃん……」

そういえば、部屋に遊びに来ると約束していたのだ。

つい先ほどまで覚えていたのに、動揺しすぎて頭から抜けてしまっていた。

「ど、どうぞ。まだ荷物が片付いていないのだけど」

サーシャはぎこちなく笑ってエミリを招き入れる。

すると、エミリは嬉しそうに足を踏み入れ、キラキラした目で部屋を見回した。

「この部屋、サーシャちゃんが来るから模様替えしたのよ」

「そうだったの？」

「前はこんな感じじゃなかったの。あのカーテン、ふわふわのレースで素敵ね。カーペットもふかふか！　あ、壁紙も貼り替えたんだわ。前は水色だったのを白にしたのね。よく見ると鳥の羽根の模様が入ってるし…、お兄さまのこだわりを感じるわ」

「こだわり？」

「だってこの部屋、『サーシャちゃん』って感じがするもの。これまでお兄さまが使っていた部屋なんてすごく地味だったのよ。きっとサーシャちゃんに喜んでもらいたくて、こんなにかわいくしたのね」

「……ユーリが…、私のために……？」

思わぬ話にサーシャは目を丸くした。

けれど、言われてみればカーテンも壁紙もかわいらしい。よくよく見れば、ソファやテーブル、ベッドなどの調度品も優しい配色で統一感があった。

――ここはユーリも一緒に使う部屋なのに……。

部屋を見回していると、エミリはふと窓のほうへと向かう。そこに置かれた革のケースを指差し、サーシャを振り返った。

「サーシャちゃんの荷物って、これのこと？」

「え？　ええ、そうよ」

荷物と言っても、必要なものはバロウズ家のほうでほとんど用意してくれた。

自分で持ってきたのはそこにある三つの箱しかない。大事なものが入っているため、使用人が片付けようとしてくれたのを断ったのだが、昨日はゆっくりする時間がなかったからまだ手をつけていなかった。

「何が入ってるの？」

「もちろん、宝物が入ってるわ」

「宝物？」

「……見てみる？」

「うん！」

サーシャの言葉に、エミリは好奇心をいっぱいにして大きく頷く。

こんなに期待を込めた目を向けられるとは思わなかったが、宝物と聞けば興味を持って当然だ。

特に隠すようなものではなかったので、サーシャは自ら箱を開けていく。

その横で、エミリが固唾を呑んで見守っているのがなんだかおかしかった。

「わぁ、かわいいお人形！」

「でしょう？」

「箱いっぱいに持ってきたのね！　一、二、三…、えっと、全部で八体？　サーシャちゃんの荷物ってお人形だけ？」

「ええ、そうよ」

「そうなのね。どの子も素敵…。でも皆、雰囲気が似てる子ばかりなのね」

エミリは不思議そうに箱を覗き込んでいる。

サーシャは小さく笑ってその中の一体を抱き上げ、ふわふわの薄茶の髪をそっと撫でた。

「この子たちは、ユーリがくれたお人形なの」

「お兄さまが？」

「今抱いてる子は、はじめて会ったときにもらったのよ。他の子は、私の誕生日が来るたびに贈ってくれたわ」

「誕生日のたびに？　お人形を毎年……？」

「そう、だから八体」

本当は置いてこようか迷ったが、結局全部持ってきてしまった。

子供っぽいと言われようとやはり愛着がある。この人形たちは、ユーリと会えない寂しさを埋めてくれた宝物なのだ。

白い肌、薔薇色の頬、薄茶の瞳、瞳と同じ色のふわふわした髪。

どの人形も雰囲気は似ているが、着ている服はどれも違う。装飾品も手が込んでいて、そういったところも毎年楽しみだった。

「なんか…、ごめんね」

「え？」

ところが、少し間を置いてエミリはため息をつく。

いきなりどうしたのだろう。今の流れで、なぜ謝罪されたのかよくわからない。

サーシャが首を傾げると、エミリは不服そうに人形を見つめた。

「だって毎年人形って……。子供のときはよくても、それなりの年齢になったら違うもののほうが嬉しいでしょ？　お兄さまったら、もっと女の人が喜びそうなものを贈ればよかったのに……」

そう言って、エミリはすまなそうに眉を下げる。

八歳とは思えない大人びた意見だ。

サーシャは思わずぽかんとしてしまう。そんなふうに考えたことなど一度もなかった。自分が同じ歳のときはこんなにしっかりしていただろうか。密かに感心しながら、サーシャは小さく首を横に振った。

「そんなことないわ。いつも楽しみだったもの」

「……本当？」

「本当よ？　毎年、嬉しかったわ」

「サーシャちゃん……」

眉を寄せたエミリからは、哀れみさえ感じられる。

自分より半分しか生きていないなんてとても思えない。

話と関係のないことばかり考えていると、不意にエミリに手を握られた。

反射的にサーシャも手を握り返して、じっと見つめ合う。ややあって、エミリは小さな手にきゅっと力を込めて目を潤ませた。

「サーシャちゃんが優しい人でよかった。ちょっと変わり者だけど、お兄さまをどうかよろしくね」

「え、えぇ……」

どこかほっとした様子のエミリの表情。

彼女は、きっとユーリが大好きなのだろう。

サーシャにも兄姉がいるから、少しは気持ちがわかる。

ユーリが変わり者というのは首を捻ってしまうところだが、兄を想うがゆえに辛口になってしまっただけに違いない。そう考えただけで、なんともいじらしくて涙が出そうになった。

「――二人とも、そんなところでどうしたの？」

「……ッ」

と、そのとき、いきなり後ろから声をかけられて肩がびくつく。

エミリも驚いたようで、サーシャの手を強く握り締めていた。

扉を閉める音に振り向くと、たった今まで話題にしていたユーリが部屋に入ってきたところだった。

「ユーリ…、お客さまの応対をしていたんじゃ……」

「時間のかかる話ではなかったから、すぐに終わったよ。父上が出てくると思ったのに、僕が出てきたからかもしれないね。新婚なのに申し訳ないって、何度も頭を下げられてしまった」

「そうだったのね」

「あれ？　その人形って……」

会話をしながら、ユーリはふとサーシャの手元に目を移す。

そのまま近づいてきて、腕に抱いた人形を懐かしそうに見つめた。

彼がはじめてサーシャにあげた人形だと気づいたのだろう。箱の中に他の人形もあると
わかり、満面に笑みを浮かべていた。

「サーシャ、僕のあげた人形、大事にしてくれてたんだね」

「それはもちろんよ」

「ふふ、嬉しいな」

ユーリは嬉しそうにサーシャの隣に膝をつく。

彼は箱の中の人形を手にしてにこにこ笑っていたが、エミリが呆れた様子でそれを窘め
た。

「もう、お兄さまったら、喜んでる場合じゃないでしょ。サーシャちゃんはもう小さな女
の子じゃないのよ。ちょうど今、話してたところだったんだから。もっといいものをあげ
ればよかったのにって」

「どうして？　これだっていいものだよ？」

「そうじゃなくて…、ほらネックレスとか、髪飾りとか、いろいろあるでしょ？」

「……うーん……」

エミリの言葉に、彼はしばし考え込む。

だが、考えても何が問題なのかわからないのだろう。首を捻るばかりのユーリにエミリはむっとした顔で立ち上がった。

「お兄さまは、女心がわかってない！」

「エミリ、何をそんなに怒ってるんだい？」

「……ッ、もう知らない！　そんなんじゃ、いつかサーシャちゃんに愛想つかされちゃうんだから……ッ！」

「えっ」

エミリとしては、ちょっとした助言のつもりだったのかもしれない。

それなのに、ユーリがまるで理解を示そうとしないから怒ってしまったようだ。

彼女は愛らしい唇を尖らせてずんずんと扉のほうに向かう。取っ手を掴むと一度だけ振り返り、あえてユーリを見てからぷいっと横を向き、強めに扉を閉めて出ていってしまった。

――きっと難しい年頃なのね……。

少しのことでも、へそを曲げてしまう時期は誰にでもあるものだ。

折角来てくれたのにと残念に思っていると、ユーリは不思議そうに首を傾げ、ややあって苦笑いを浮かべた。

「僕が悪いのかな」

「ううん、ユーリは悪くないわ」

「……でも、サーシャはどうだった？　ネックレスや髪飾りのほうがよかった？　人形なんて嫌だったかな」

「そっ、そんなこと思ったことないわ！　毎年楽しみだったもの。お人形が届くたびに嬉しくて抱き締めながら眠っていたほどよ。それに、大切なものじゃなければこうして持ってきたりしないわ」

「そっか…、ならよかった」

強く反論されて、ユーリはほっとしたように笑う。

サーシャは大きく頷き、腕の中の人形を抱き締めた。

彼からもらった人形は自分の宝物だ。毎年人形が贈られてきて、姉には子供扱いされているのだとからかわれたこともあったが、それでも嬉しかった。

「じゃあ、あとで部屋に飾ろうか」

「いいの？」

「もちろんだよ。並べたら賑やかになるだろうしね。……あ、ねぇサーシャ、この人形の服、これを見て何か思い出さない？」

「え……？」

　そこでユーリは何か思いついたように違う人形を箱から取りだす。

　小首を傾げながらその人形をサーシャの前に差し出すと、彼のさらさらの金髪が頬にかかって思わずドキッとさせられる。僅かに髪が乱れただけなのに、昨夜のことを思い出してしまい、サーシャは顔を赤くしながら慌てて人形を見つめた。

「えっと…、この子は去年贈られてきた……、あっ、えぇ、そうだわ。この子の服ってこの侍女が着ているのとそっくりなのね」

「ふふっ、当たり。実はね、この服は僕が考えたんだ」

「そうだったの？」

「何年か前から、僕が考案したものを皆に着てもらうようにしたんだけどね。結構好評なんだよ。今までの中でこれを一番気に入っていたから、サーシャに似た人形にも着せてみたんだ」

「わ…、私に似た……」

「すごく似合ってるよね。なんでも着こなしてしまうから、何を着せるか毎年考えるのが楽しかったよ」

「……そ…そう」

満足げに言われて、サーシャの顔はさらに赤くなる。

似合っていると言ったのは人形のはずだが、ユーリはサーシャのことしか見ていなかったからだ。

──なんとなく、そうじゃないかとは思っていたけど……。

毎年贈られる人形の雰囲気が皆似ていることは当然サーシャも気づいていた。

はじめて人形をもらったとき、彼が『サーシャに似てる』と言っていたのは覚えていたから、もしかしたら自分に似た人形を贈ってくれているのではと勘づいてはいたが、こんなふうに明かされるとは思わなかった。

とはいえ、実際に彼の考案した服を着用しているのはこの家の侍女たちだ。

使用人に制服があるのはかなり珍しいことで、サーシャの実家では皆、各自で用意したものを着ていた。バロウズ家では数年前から同じ服装の侍女を見かけるようになったが、それがユーリの発案だというのだから、その細やかな気遣いにはむしろ感心してしまう。

「他の人形の服も、いつもユーリが考えていたの？」

「サーシャが今持ってる人形以外はね」

「あ…、そうよね。これは生まれたばかりのエミリちゃんが寝ていたベッドにあったお人形だったわ。じゃあ、この子だけが違うのね。他の子と雰囲気はよく似ているのに不思議ね」

「……そうだね」

サーシャは手にしていた人形をまじまじと見つめ、何げなく箱の中から他の人形を手に取った。

こうして見比べてみても、多少の違いはあるものの雰囲気はよく似ている。

ユーリにとって、自分はこんなふうに見えているのだろうか。

こんなにかわいくはないとわかっていてもなんだか照れくさい。段々恥ずかしくなって箱から出したばかりの人形をぎゅっと抱き締めると、ユーリはその様子をじっと見ながら問いかけてきた。

「サーシャは、その人形が好きなの？」

「え…？　えぇ、好きよ……」

「そうなんだね。僕も好きだよ。うん…、その服も、よく似合ってるね」

「……っ」

ユーリはサーシャと人形を交互に見比べながら囁く。

人形に言っているのか自分が言われているのかわからなくなりそうだ。

掠れた声が妙に色っぽくて、サーシャはますます真っ赤になって人形に顔を埋める。

昨夜はもっと恥ずかしいことをたくさんしたのに、たったこれだけで顔も上げられなくなってしまった。

「……修道服か……」

ややあって、彼はぽつりと呟いた。

けれど、あまりに小さな声だったから、サーシャは彼が何かを言ったことさえ気づかなかった。

このときの彼が何を考えていたのか、その熱っぽい眼差しが何を意味していたのか、サーシャが気づいたのは夜になってからだった。

❀　❀　❀

その日は、前日とは打って変わってずいぶん落ち着いた時間を過ごすことができた。

昨日は結婚式を挙げたあと、すぐにバロウズ邸にやってきたが、夕食の時間はサーシャとユーリの結婚祝いを兼ねていたりと何もかもが慌ただしかった。

しかし今日は朝に来客があっただけで、あとはこれといった用事もない。

日中はほとんどユーリと一緒に過ごし、彼からもらった人形を部屋に飾ったりしながら昔話に花を咲かせていた。楽しそうな笑い声に誘われたのか、そのうちに一度はへそを曲げたエミリがまた部屋に来てくれて、その後はずっと三人で仲良く過ごした。

「――サーシャ、今夜はこれを着てほしいんだ」

だが、夕食も終え、そろそろ就寝の時間を迎える頃。

ユーリと二人きりになった寝室で、サーシャは若干困惑していた。

「え…、これに……？」

「心配はいらないよ。今夜も僕が手伝うからね」

「で…、でもこのネグリジェは、さっき着替えたばかりで」

「うん、それもすごく素敵だね。だけど、今夜はこれがいいと思うんだ」

「そ…うなの……？」

夕食後、浴室で身を清めてから着たネグリジェ。

これも昨夜と同じで新品なので少しも汚れていない。

それなのに、どうしてまた着替えを求められているのだろう。昨日の花嫁衣装ははじめての夜を彩る演出だと思って感激したけれど、二日続けてとなるとさすがに首を捻ってしまう。

――今日のは花嫁のドレスではなさそうだけど……。

オイルランプの灯りだけでははっきりと見えないが、ローブのような形状をしているのがわかる。

けれど、それ以上にわからないのはユーリの恰好だ。

これから就寝するはずなのに、どういうわけか彼はフロックコートを着ているのだ。

「ユーリ、今から出かけるの？」

「どうして？　もう寝る時間だよ」

「……そうよね……」

ならば、なぜ彼はそんな恰好でいるのか。

そして、どうして自分は着替えを求められているのか……。

首を傾げていると、ユーリは用意した服を近くのソファに置き、おもむろにサーシャの腰に手を回してくる。そのまま彼はネグリジェを摑んでたくし上げ、強引にもいきなり脱がそうとした。

「ユ、ユーリ……っ？」

「サーシャ、あまり動いてはだめだよ。上手く脱がせられないだろう？　ほら、両腕を上げてごらん」

「あのでも、…もう……？」

「もうって？」

「……う…、ううん」

曖昧に問いかけるが、ユーリは怪訝そうに眉をひそめただけだ。

その間に二の腕を指でくすぐられ、サーシャは思わず両腕を上げてしまう。彼の誘導に従うように、気づいたときにはするするとたくし上げたネグリジェを脱がされてしまっていた。

「あ……」

「じゃあ、早速これを着てみようか。もう少し、腕は上げたままでいてね」

「え、あの…っ」

呆気なく下着姿にさせられ、サーシャは唖然としていた。

だが、慌てる間もなく、ユーリはソファに置いた服を手に取り、裾を広げてサーシャの頭にふわりと被せる。すると、目の前が真っ暗になって一瞬だけ首元が締め付けられ、何が起こったかわからずに混乱しそうになったが、すぐに視界が元に戻ってぱちぱちと瞬きを繰り返した。

「ふふ、かわいい」

彼はぽかんとするサーシャを見てくすりと笑い、腰の部分を紐で留めた。

器用な指の動きに思わず見入っていると、今度は白いレースの布を被せられる。それは一見、花嫁のヴェールのようでもあった。

「あぁ、やっぱり似合う。想像以上だ」

「……これ…って……」

サーシャは首元を触りながら足下を見下ろす。

首元からくるぶしまである丈の長い白いローブ。腰で留められた長い紐。ヴェールのようなレースの布。

——どこかで見たことがあるような……。

眉を寄せて考えを巡らせ、はたと気がつく。

実家から持ってきた人形。その中にこれとよく似た恰好の人形があったことを思い出したのだ。

「修道服を着たお人形と同じ？」

「そうだよ」

「どうしてこんな……」

「君があの人形を気に入っているみたいだったからね。といっても、多少違うところもあるんだけど」

言いながら、彼はサーシャの太股の辺りの布を摘まんでみせる。

そのまま軽く引っ張ると、なぜか布が割れて太股があらわになってしまった。

「え…っ!?」

サーシャはぎょっとして慌てて太股を隠す。

よく見れば、腰の辺りからざっくりと大胆なまでにスリットが入っていて、少し動いただけで脚が見えるようになっていたのだ。

——どういうこと？　わざと脚が見えるようにしてあるの？

どうしてこんな構造にしてあるのだろう。

多少どころかずいぶん違う気がしてならない。

あの人形も、修道服にしては黒っぽい生地をほとんど使っていないから華やかな印象はあった。頭部を覆う白いウィンプルにレースの布がかけられ、それが美しい羽根の模様になって花嫁のヴェールのようだったからだ。

それと比べて大きく違っているのは、ウィンプルなしで直接レースのヴェールをかけられていることと、腰の辺りからざっくり入ったスリットくらいだが、それだけでもかなり印象が変わる。少し動けば太股から下が剝きだしになって、自分の姿とは思えないほど卑猥な光景だった。

——それはそうと、どうして私は修道女の恰好をしているのかしら……。

困惑するサーシャをよそに、ユーリは満足げに頷いている。

ややあって、彼は眩しそうに目を細めながらサーシャの頬にそっと触れた。

「こうしていると、改めて実感するよ。君がどこの誰でも関係ない。どんな出会い方をしたとしても、僕はきっと君を好きになるって……」

「……私がどこの誰でも？」

「そう、たとえば偶然足を踏み入れた教会……、僕はそこで君を見つける。君は神に身を捧げた修道女なんだ」

「私が修道女……」

「それなのに、僕は君に一目惚れしてしまった。なんとか話をしたくて、裏庭の花に水をあげているところをたまたま通りかかったふりをして声をかけるんだ。そのうちに少しずつ仲良くなって、ついに我慢できずに好きだと告白してしまう。……けれど君は…、驚きながらも躊躇いがちに断るんだ。それでも、僕はどうしても諦めきれなくて……。何度断られてもしつこく教会に通ってしまう」

「私が…、ユーリの告白を断るの……？」

「そうだよ。困りきった顔でね」

「そんな…っ」

サーシャは思わず声を上げた。

作り話なのはわかっているのにどうしてだろう。

聞いているうちに、段々とその情景が頭に浮かんで妙な感覚が芽生えてくる。ユーリに告白されて嬉しいに決まっているのに、断らなければならないなんて想像するだけで哀しかった。

「……私たち、どうしたら結ばれるの？」

「簡単だよ。サーシャが受け入れてくれれば、それでいいんだ」

「それだけでいいの？　周りは許してくれる？」

「周りは反対するだろうね。どんなに説得しても許してもらえないかもしれない。世の中、自分の望みどおりにならないことはいくらでもあるから……」

「ならどうすれば……」

「それでも、僕はサーシャがいい。他の誰かと一緒になるなんてまっぴらだ。……だから君は一言、僕を好きだと言ってくれるだけでいい。そうしたら今すぐ君を攫って、誰も追いつけない場所まで連れていく」

「ユーリ……」

迷いなく言われて、サーシャは息を呑んだ。

どうしよう。なんて答えたらいいのだろう。

生まれる場所が違えば、ユーリと結ばれることはなかったかもしれない。

もしもなんて考えても意味はないのに胸が苦しかった。

たとえ運良く出会えたとしても、身分が違う相手との結婚をそう簡単に許してもらえるわけがない。

貴族の結婚とは家と家との契約でもあるのだ。

ユーリ自身がいくら望んだところで、名家の跡取りとしての重責からは逃れられない。

それでも自分の気持ちを優先するというなら、家を捨てて駆け落ちするくらいしか道はなかった。

「サーシャ、返事を聞かせて。僕は本気だよ」

「あ……」

胸が押しつぶされそうになっていると、不意にユーリに抱き寄せられた。

間近に顔が迫り、その真剣な眼差しに心臓が跳ねる。彼はサーシャの腰に回した手に力を込め、首筋に唇を押し当ててきた。

「んっ、あ……、でも私……、あなたに相応しくない……」

「……相応しくない？」

「だって身分が……。そ、それに修道女が駆け落ちなんて許されることでは……」

「そうじゃない。そんなことは聞いていない。僕は君の本心が聞きたいんだ。僕を選ぶのか選ばないのか……、そのどちらかだ。僕ではだめだと言うなら、その覚悟もできている。もう二度と会いに来ない。今すぐ君を解放して……――」

「そんなの嫌……っ！」

瞬間、サーシャは全身の血が引いていくのを感じて彼の言葉を遮っていた。

誤魔化すような返事をしたのは、貴族としての彼の立場を思ってのことだ。

二度と会いに来ないなんて言われては一溜まりもない。ユーリと離ればなれになるなんて、たとえ想像だけであっても堪えられなかった。

「あなたではだめなんて…、そんなこと思うわけないでしょう？　そんな酷いこと言わないで……。わ、私だって本当はずっと……」

「サーシャ」

「あなたが好き……、好きです……。はじめて会ったときからずっと……ッ！」

「サーシャ…っ！」

「……ッ、ん…ぅ……」

感情のままに叫んだ直後、サーシャは貪るように口づけられていた。

いきなり舌まで搦め捕られて呼吸もままならない。

けれど、どんなに苦しくても離れたくなかった。

周りを裏切ることになろうとも、ユーリと一緒にいたい。もはや自分がなぜ修道女の恰好をさせられているのかという疑問は完全に忘れ、サーシャはくぐもった声を漏らしながら必死で彼の胸にしがみついていた。

「……君なら、そう言ってくれると信じていたよ」

「ン…、んっ、んんぅ……」

「サーシャ、君が好きだ。たとえ身分が違っていても関係ない。どこに生まれても、必ず君を見つけてみせる。見つけたら、絶対に手放さない……っ」

「あっ、んぅ…、あ…う…ッ！」

ユーリは噛みつくようなキスをして、自身のフロックコートのボタンを外していく。

すべてのボタンを外すとサーシャを抱き上げ、耳たぶを甘噛みしながら歩きだす。

だが、ベッドまでさほど離れていないのにそれさえ我慢できないようで、彼はすぐ近くのテーブルにフロックコートを敷いてサーシャをその上に横たえる。性急な仕草でスリットを掻き分けると、彼は直接サーシャの太股を弄り、ドロワーズの腰紐を引っ張った。

「ん…ッ、あっ」

もしかして、ここでするつもりだろうか。

内心驚きながらも、サーシャは黙って受け入れる。

腰紐が解けてドロワーズが引きずり下ろされる間も、彼が脱がせやすいように自ら腰を上げて協力していた。

場所なんて、どこでもいい。

今は一刻も早く彼と一つになりたかった。

「あぁ…ッ!?」

「……すごく濡れてる。僕の指…、わかる？　ナカで動いてるの…、わかる……？　こんなに簡単に、サーシャに飲み込まれてしまったよ」

「あぅっ、ン、ああっ」

ドロワーズを脱がすや否や、ユーリはいきなり秘所に触れてきた。

しかし、すでに濡れそぼっていた中心はそれだけでくちゅ…といやらしい音を立て、指を入れられても彼を誘うように締め付けてしまう。

ユーリは蠢く内壁を指の腹で楽しむように刺激しながら、出し入れを繰り返していく。

そのたびに蜜が溢れて恥ずかしいほどの水音が響き、サーシャは慌てて身を捩ろうとしたが、脚の間にはユーリが割り込んでいるからまともに動くことさえできない。それどころか大きく開脚させられ、感じる場所ばかりを的確に擦られて、強烈な快感に呆気なく追い詰められてしまった。

「ああっ、あ…あっ、あっ、あっあっ、あっあぁ……ッ」

「僕の指…、気持ちいい？　ちゃんと、イイところに当たってる？」

「ひんっ、あぁ、んんっ、あぁ、いや、だめ…、そこはだめ……ッ、そんなに擦ったら、すぐにおかしくなって……」

「すぐ…？　まだ指で少ししか擦っていないのに？」

「だめっ、だめ……ッ、あぁっ、ああっ、もうだめ……っ！」

「……じゃあ…、一度指でイっておく？」

「やっ、いやっ、ユーリ、ユーリ……ッ」

淫らな囁きに、サーシャは激しく喘ぎ続ける。

どうしてこんなに敏感になっているのだろう。

昨夜と比べようもないほど感じているのは自分でもわかっていた。

修道服なんて、一生着る機会のなさそうな服に興奮しているのだろうか。

それとも、ユーリの例え話で妄想を膨らませすぎたからなのか……。

理由はわからないが、もう止まりそうにない。指を増やして動きを速められ、今にも達しそうになるのを必死で我慢しながらサーシャは彼に哀願した。

「も…、して…ッ、ユーリ…、お願い…、お願い……っ」

「……ッ」

このまま一人で終わるのは嫌だ。

強引でもいいから、ユーリにちゃんと抱いてもらいたい。

サーシャは涙をぽろぽろ零しながら、か細く喘ぎ続けた。

「……わ…かった……」

ややあって、ユーリの指が動きを止める。

掠れた声にどきりとして顔を上げると、濡れた瞳と目が合う。

彼は僅かに息をついて身を起こし、指を引き抜いて自身の下衣を寛がせる。

すると、すでにいきり立っていた熱塊が飛び出し、サーシャは思わず声を呑む。

しかし、それも束の間、彼はサーシャの中心にいきなり先端を押し当て、グッと腰に力

を込めた。

灼けるような熱さと、内壁を強引に押し開く強烈な感覚。

一気に最奥まで突き刺され、サーシャは喉を反らして悲鳴に似た嬌声を上げた。

「あぁ――……ッ！」

「っく……ッ」

耳元で響く切なげな声。肌にかかる熱い吐息。

多少の苦痛などあっという間に快感に塗り替えられてしまう。

彼の興奮が繋がった場所から伝わり、その逞しさに目眩がした。

「サー…シャ……」

「あぁ、あ…、あぁ……」

ユーリは低く囁き、淫らに腰を揺らす。

先端が奥に当たって切なさが募る。無意識に中心の熱を締め付けると、彼は苦しげに眉を寄せ、サーシャに着せたトゥニカの腰紐をやや乱暴に引っ張った。

腰の辺りが緩んだ直後、彼はローブを大きく捲って服の中に手を差し込んでくる。

太股から腰、下腹部を弄りながら、その手は少しずつ上にのぼっていく。律動はどんどん速くなり、大きな手で乳房を鷲掴みにされた途端、サーシャは弓なりに背を反らして身悶えした。

「ああっ、んぅっ、ああ…ぁ……ッ！」

「サーシャ…、僕のかわいいサーシャ……。僕には君だけだ。君以外、考えられない……っ」

「ひ…ん……ッ、あぁ…ぅ…、あっあっ、あぁッ、ん、あぁあ……っ」

狂おしいほどの激しい抽送。

指の腹で乳首を刺激され、さらなる快感が呼び起こされる。

淫らに濡れた彼の瞳に胸が高鳴り、知らず知らずのうちにサーシャも腰を揺らしてしまう。そうすると、ユーリはとても苦しそうに顔を歪めるから、彼も同じように感じているとわかって嬉しかった。

「あぁあっ、ユーリ…ッ、や、あぁっ、あああっ！」

だが、とうに追い詰められていた身体など呆気ないものだ。

彼はサーシャの背に腕を回すと、全身を小刻みに揺さぶる動きに切り替える。

内壁を行き来する逞しい力に目の前が白み、サーシャは絶頂の予感にぶるぶると内股を震わせた。

「ユーリ、ユーリ…ッ、ユー…リ……！」

「……ッ、サーシャ…、怖くないよ。僕も一緒だ……っ」

「あぁぅ…、あぁっあぁ、あぁ……ッ」

助けを求めるように手を伸ばすと、ユーリは言い聞かせるように耳元で囁く。

サーシャは彼の首にしがみつき、涙を零してその身に縋った。

やがて、つま先に力が入って、お腹の奥が切なくわななく。

彼も一緒なら怖いことは何もない。

迫り来る限界に身を委ね、サーシャはその瞬間を待ちわびる。

力強い律動にがくがくと身を震わせ、最奥で熱が弾けるのを感じながら、彼と共に絶頂の波へと攫われていった。

「あぁっ、ああっ、あぁあ――……ッ！」

「……――ッ」

部屋に響く甲高い嬌声。

繋がった場所から漏れる粘着質な水音。

はじめてのときより強い快感で、息が止まりそうになる。

ユーリは耳元で「サーシャ、サーシャ」と繰り返し、彼が呼吸するたびに熱い風が肌にかかって全身がびくびくと震えた。

内壁は断続的に痙攣しはじめ、彼の動きも少しずつ緩やかになっていく。

いつしか律動は止まり、ユーリは大きく息をついてサーシャの胸元に顔を埋める。

絶頂の余韻はなかなか消えることはなく、サーシャは息を乱しながら無意識にユーリの柔らかな髪を撫で続けていた。

「……サーシャ、好きだよ」

「ユーリ……」

しばらくして、ユーリが僅かに身を起こす。

そっと頬を撫でられて、サーシャはうっとりと彼を見つめた。

「君は本当にかわいいね」

「ん…、ユーリ……」

軽く口づけると、彼は目を細めて微笑む。

だが、そこで暑そうにジレのボタンを外す姿を見て、今さらながらユーリが服を着たままだったことに気がつく。それを少し不服に思って見ていると、サーシャの視線に気づいた彼は肩を竦めて苦笑した。

「脱ぐのを忘れていたよ。ちょっと興奮しすぎてしまったね」

「私ばかり恥ずかしい恰好……」

「ごめんね。でも、男の身体を見てもあまり楽しくないと思うけど」

「そ…、そんなことないわ」

「そうなんだ」

「……うん」

真っ赤になって頷くサーシャを見て、ユーリは嬉しそうに笑う。

もう一度頬を撫でられ、また口づけられる。数秒ほど見つめ合ってから、彼は身体を繋げたままサーシャを抱き起こした。

「背中、痛かったろう？　ベッドまで我慢できなくて、こんなところで抱いてしまうなんてね」

「え？　あ…、ううん、こんなの全然……」

「でも、結構激しくしてしまったよ？」

「それは…、大丈夫。少しも痛くなかったわ」

「……ならいいけど」

サーシャはこくこくと頷き、後ろを振り向く。

そういえば、ここはテーブルの上だった。

そんなことも忘れていただなんて、あまりに恥ずかしすぎる。テーブルの上にはぐちゃぐちゃになったフロックコートがあり、行為の激しさを物語っているようだった。

「じゃあ…、今度はちゃんとしなくてはね」

「……今度…？」

「そう、次はベッドで。僕も裸にならないと」

「え…、こ、これからもう一度するの……？」

「だめかな？」

「う…ううん…、あのでも、また寝坊してしまうかも」

「少しくらい平気だよ。父上だってあのとおりだしね」

言いながら、ユーリはサーシャを抱き上げる。

そのままゆっくり歩きだし、彼はベッドのほうへと向かう。

途中、サーシャの頭の中にアルバートの部屋から出てきた侍女の姿が浮かんだが、それを彼に話すことはしなかった。

――あれが浮気だと決まったわけではないもの……。

今日の夕食はアルバートも一緒だったが、特におかしな様子はなかった。

部屋から出てきた侍女もあれから一度だけ見かけたものの、そのときはサーシャを見ても慌てることはなかったのだ。

「ン…、あ……っ」

少しの間、胸の奥がざわついていたが、すぐにそれどころではなくなっていく。

一歩進むたびに振動が伝わって勝手に声が出てしまう。いつの間にか、彼の熱が力を取り戻して内壁を刺激していた。

「あぁ…、サーシャ、うっかりしていたよ。さっきは本当に興奮しすぎだった。今度はちゃんとこれもつけなければね」

「っは、ん…。な、に……？」

「ほら…、サーシャのリボン。これで二人を繋いでおくんだ」

「……ん」

ベッドにつくと、彼はサーシャを優しく横たわらせた。

だが、ユーリはすぐに動くことはせず、ふと思い出した様子で枕の下から小箱を取りだし、そこからリング状にしたリボンを手に取った。

——私のあげたリボン…、また繋いでするのね……。

少しだけ不思議な気持ちになったが、それだけ大事にしてくれているということなのだろう。そう思ったら、嬉しい気持ちのほうが遙かに勝ってサーシャは素直に受け入れていた。

「あっ、あっ、……ンッ、あぁぅ……」

それからしばらくして、衣擦れの音と共に密やかな声が響きはじめる。

今度は二人とも生まれたままの姿となり、サーシャが昔あげたリボンで互いの手首を繋ぎ、長い時間をかけて愛し合った。

それはとても甘く激しく、そして幸せな時間だった。

けれど、本当はこの時点でもっと疑問に思うべきこともあった。

ベッドには乱れた修道服、テーブルにはユーリのフロックコートが放置されていた。

これから寝るという段になってなぜこんな恰好をする必要があったのか、何か目的があってのことだったのか……。

首を傾げる瞬間は何度もあった。

それなのに、サーシャはあっさりユーリの話に流されて、彼との行為に夢中になってしまっていた。

第三章

はじめての夜は、花嫁の白いドレス。

二日目の夜は、少し際どい修道女の恰好。

その次は王女、さらに次は町娘――。

毎夜ユーリから渡されるさまざまな衣装。

二人きりになった寝室で、サーシャはそれらの服に彼の手で着替えさせられる。

はじめは戸惑いを感じるものの、ユーリの言葉に少し耳を傾けるだけですぐに心がぐらついてしまう。気づけば彼の話に感情移入していて、最終的にはなりきっている自分がいた。

『僕は、たとえ君が王女であろうと好きになってしまうだろうね。身分違いだと頭ではわかっていても、心までは誤魔化せない。諦めようと思うのに、毎日のように王宮に足を運んでしまう。ひと目でいいからサーシャに会いたい。もし会えたなら話をしたい。さり気ない素振りで、僕は君に近づく。純粋な君はそれが偶然だと信じて疑わず、たびたび声をかけてくる僕と恋に落ちてしまうんだ』

『素敵……。ユーリとなら、周りも許してくれるわ』

『それはどうだろう？　王女の君と結婚したい男は、きっと山ほどいるよ。伯爵家の跡取り程度では分不相応と言われてしまうに違いない』

『そんな……ッ』

皆が寝静まったあとに夜ごと囁かれる物語。

ある夜は、王女のサーシャと貴族のユーリとの密やかな恋。

また別の夜は、実業家のユーリが偶然立ち寄った料理店で働くサーシャとの恋。

どの物語も登場人物はサーシャとユーリだけで、一日で話が終わることもあれば数日かけて続く場合もある。修道女の自分とユーリの物語などは駆け落ちしたあとの話まで続いていて、三週間が経った今でもまだ完結していない。ただ、どんな状況であっても二人は恋に落ち、最後は必ず結ばれるのが絶対の法則になっていた。

『サーシャ、どんな君でも好きだよ。どこに生まれても、絶対に見つけてみせる。他の誰も目に入らない。僕には、サーシャしかいないんだ』

それでもサーシャは毎回夢中になって聞いてしまう。

次第に自分がその場にいるような気になって、ユーリを好きになってしまう。

王女のときは煌びやかな宝飾やドレスで着飾り、町娘のときは簡素なワンピースに身を包む。寝室が王宮になったり料理店の個室になったりして、毎夜夢中で彼との逢瀬(おうせ)を重ねてきた。

けれども、ユーリと結婚してもう三週間だ。

そんな夜が毎晩続けば、さすがに疑問を持つようになる。

おまけに彼から渡される衣装は、これまで贈ってくれた人形と似たものばかりだ。

それにはどんな意味があるのか、そもそも毎回着替えさせる理由はなんなのか、ようやくサーシャも考えるようになった。

しかし、三週間もの間、流されるだけだった手前、今さらすぎて聞きづらい。

そのうえ、最近では日中も求められるようになってきて、それがちょっとした悩みになっていた。


「――もしかして、ユーリは少し変わってるのかも……」

サーシャは窓辺で空を見上げながら、ぽつりと呟く。

ここは寝室として使っているいつもの部屋だ。

日中はエミリが遊びに来ることが多いが、今は家庭教師が来ていて勉強中なのでサーシャ一人だった。

――だからって、昼間からこんな恰好をするなんて……。

小さく息をつくと、サーシャは窓ガラスをじっと見つめる。

頭には白いカチューシャ、ふわふわのレースのエプロン。その下にはシックな黒のワンピース。

窓に映るのは、バロウズ家の侍女たちと同じ服を着た自分だった。

「……こういうことは、皆が寝静まった時間だけだと思っていたのに」

もちろん、部屋には誰も入らないようにしてくれている。

ユーリと肌を合わせるのが嫌だなんて思ったことは一度もない。

ただ、一人でいると考えてしまう。『侍女のサーシャと秘密のお茶会をしたい』と満面の笑みでこの服を渡されてつい着替えてしまったけれど、それでいいのかと冷静に問う自分がいるのだ。

しかし、そんなことを考えながらも、真面目なサーシャは窓に映った自分の姿に今日の設定について思い惑ってしまう。

「それにしても、侍女ってどんなふうにすればいいのかしら……。呼び方はユーリさま？それとも、ご主人さま……？　この恰好、はじめてだからユーリとどんな関係かよくわからないわ」

考え込んでいたのも束の間、サーシャはふと首を傾げた。

秘密のお茶会とは具体的にどんなものなのだろう。

なんとなく淫靡な想像をしてしまうが、お茶会と言うからにはそれなりの用意が必要だと思えた。

「大変、これではお茶会にならないわ……っ」

途端にサーシャはあたふたしはじめる。

なんの準備もなくお茶会はできないと気づき、慌てて扉に向かおうとした。

そのとき——、

「——…んでだめなんだよ。こっちだって新婚だと思って、一応気を使っていたんだからな」

「いきなり来ておいて気を使うも何もないじゃないか」

「だから、この三週間は来なかったろ？　いいから会わせろって、減るもんじゃないんだから」

「そう言われても、今日は都合が……、あ、こらっ、ライアン！」

廊下のほうから聞こえる二つの声。

一人はユーリとわかるが、もう一人は知らない声だ。

――でも、どことなくユーリと似ているような……？

考えている間も、どんどん声が近づいてくる。

急いで隠れようとしたが、とてもそんな余裕はない。

サーシャが部屋の真ん中で立ち尽くしていると、突然扉が開いて見知らぬ男が部屋に入ってきた。

「やぁ、はじめまして。君がサーシャだね、俺は――……」

「――ッ!?」

「……って、あれ？」

部屋に足を踏み入れるなり挨拶をはじめた金髪の青年。

サーシャのほうは一人混乱して固まっていたが、それを見た男も途中で言葉を切って動きを止めた。

それからすぐにユーリが男を追うように部屋に入ってくる。

だが、サーシャを目にするや否や、彼もまたぴたりと足を止めてしまう。ユーリの表情は一瞬で緩み、『サーシャ』と言おうとしたところで咄嗟に口に手を当て、ゴホゴホと激しく咳き込んだ。

「なんだよ、いないじゃないか。ユーリ、咽せてる場合かよ。自慢のサーシャはどこに行ったんだ？」

「い、いや…、どこって……」

「さては俺が来たと思って隠したな。少し話すくらいいいだろうに……」

会話の内容から察するに、その男――ライアンはサーシャを見に来たようだ。

しかし、部屋には侍女の恰好をした娘がぽつんといるだけだ。

それがサーシャだなんて普通は思うわけがない。ライアンは部屋の中程まで足を踏み入れると、左右を見回して不服そうに息をついた。

「ライアン、ここはサーシャと僕の部屋だ。勝手に入るなんて行儀が悪いとは思わないのか？　これまでと同じつもりでいてもらっては困るよ」

「それはそうだけどさ……。ユーリも一緒なんだし、そんなにつれないこと言わなくてもいいだろ」

「……とにかく、ここに彼女はいないんだ。掃除中だから早く出よう」

ユーリは言いながら、サーシャに目を移す。

どうやら、ライアンが侍女だと勘違いしたのを利用するつもりのようだ。

確かに今はそうするのが一番かもしれない。

見たところ、二人はずいぶん親しそうで容姿もよく似ている。本当ならここで挨拶すべきだろうが、こんな恰好では自己紹介どころではない。ばれたらばれたで仕方ないとはいえ、変な目で見られるのは明らかだった。

サーシャはさり気なくユーリに頷く。

ほんの数秒見た程度なら、顔などすぐに忘れるだろう。

別の機会にちゃんと挨拶すればいいのだ。

「ライアン、早く外に……」

「いやだ」

「え？」

「折角来たんだ。彼女が戻るまでここで待つことにする」

「な…、何をまた勝手なことを」

「別に一人で待つとは言ってないさ。ユーリも一緒にいればいいだろ。――あ、ちょっと、ソコの君。何か飲み物持ってきてくれない？」

「え…ッ!?」

「紅茶でいいよ。菓子とかはいらないから」

「……は、はいっ」

突然話しかけられて、サーシャは必要以上に大きな声を出してしまう。

ライアンはやや訝(いぶか)しげに眉を寄せたが、さほど気にすることなくソファにどっかりと座った。

――こうなったら、侍女になりきるしか……。

下手に反応してばれたら元も子もない。

どのみち、この屋敷に侍女はたくさんいるのだ。

皆が同じ服を着ている中で、そうそう見分けがつくとは思えない。紅茶を用意したらすぐに部屋を出ればいい。ユーリだって協力してくれるはずだと、サーシャは意を決して扉に向かった。

「少々お待ちくださいませ」

控え目な声量で頭を下げ、静かに部屋を出る。

扉を閉めると胸を押さえて深呼吸をした。

――大丈夫、目立った行動を取らなければ乗り切れるわ。

自分に言い聞かせるように頷き、サーシャは左右を見ながら歩きだす。

お茶の用意なら厨房(ちゅうぼう)に行けばすべて揃うはずだ。

幸い、辺りに人の姿は見当たらない。

今のうちにと早歩きで廊下を進み、気配を確かめつつ一階に下りていく。屋敷の誰かに見つかれば、さすがに気づかれてしまうかもしれなかった。

――それにしても、二階の部屋から厨房までこんなに遠かったかしら……。

サーシャはできるだけ廊下の端を歩き、人の声や気配に気づけば素早く柱の陰に隠れ、それができない場合はゴミを拾う真似(まね)をしたりしてなんとかやり過ごした。

今が昼下がりでまだ夕食の準備には早い時間帯だからか、使用人もどこかのんびりした様子だ。

それがわかっていても気を抜くわけにはいかない。

周囲を警戒しつつ、やっとのことで厨房に辿り着いたときはヘトヘトになっていた。

「よかった。誰もいないわ……っ」

サーシャは厨房の扉をそっと開き、人がいないことに大きく胸を撫で下ろす。

急いで扉を閉めると、棚からティーセットを取りだし、内心焦りながらもその場にあったトレーに一つひとつ丁寧にのせていった。

――とにかく、誰も来ないうちに終わらせなければ……。

だが、ティーポットを手にしたところで、ふとお湯がないことに気がつく。

お湯がなければなんの意味もない。近くにあったやかんの取っ手を摑んだが、思わぬ熱さに咄嗟に手を放した。

「熱…ッ!?」

サーシャは小さな声を上げて一歩下がる。

持ち上げる前だったからひっくり返すことはなかったが、少し音を立ててしまった。

慌てて辺りの気配を窺い、人が近づく様子がないのを確かめてほっと息をつく。

おそるおそるやかんの蓋を開けてみると、半分ほど湯が残っていた。かなり湯気が立っていることから、お湯を沸かしてさほど時間が経っていないのだろう。

「あ、エミリちゃんの家庭教師がいらっしゃっているんだったわ……。きっと、先生にお茶を用意したのね」

一拍置いて思い出し、サーシャは再びやかんに手を伸ばす。

折角だから、残りのお湯はありがたく使わせてもらおう。

準備を終えると、サーシャは素早く厨房を出る。

廊下を見回すが、近くには誰もいない。

今日はとても運がいい。このまま誰にも見つからずに戻れそうだ。

お茶の準備をするのははじめてだったのに、こんなに手際よくできるなんて思いきり自分を褒めてあげたかった。

「──サーシャ…ちゃん？」

「……ッ!?」

だが、二階に戻ったあと、使っていないティーワゴンにトレーを置いていると、いきなり声をかけられる。

動揺の入り交じった少女の声に、サーシャはビクッと身を強ばらせて動きを止めた。

「エミリ……ちゃん」

「どうしたの、そんな恰好で……っ」

「え…、こ…っ、これはその、ちょっとした事故と言うか」

エミリはちょうど勉強を終えたところだったのだろう。

自分の部屋から出るや否や、彼女は目を丸くして駆け寄ってくる。見れば、部屋の前には家庭教師らしき年配の女性が佇んでいた。

「事故ってどういう……」

「そッ、それよりエミリちゃん、あの方は先生でしょう？」

「え？　えぇ、そうだけど」

「じゃあ、お見送りしないと。お待たせしてはいけないわ」

「だけど、サーシャちゃん」

「私のことは気にしないで。ごめんね、急いでいるからまたあとでね」

「サーシャちゃん！」

サーシャは強引に話を切ってティーワゴンを押した。

こんなこと、説明できるわけがない。侍女になってユーリと秘密のお茶会を開くつもりが、本物の客が来てしまったから応対することになっただなんて、ややこしすぎて言えるわけがなかった。

エミリの部屋の前で佇む女性に小さく頭を下げ、サーシャは廊下を進む。

背中に感じる視線はエミリのものに違いない。サーシャは駆けだしたい気持ちを堪え、顔を真っ赤にしながらユーリたちのいる部屋に戻った。

「……し、失礼します」

ノックをして扉を開け、か細い声で頭を下げる。

さり気なく部屋を見回すと、すっかり寛いだ様子のライアンがユーリと向かい合うようにして談笑していた。サーシャが戻ってきたことに気づいてユーリは僅かに身じろぎをしたが、ライアンのほうは特に気にする様子もない。

──彼は誰なのかしら、ずいぶん親しそうだけど……。

勝手知ったる様子で夫婦の部屋に入ってきたりして、考えてみればなかなかの図々しさだ。

若干の腹立ちを感じたが、サーシャはなんとか気持ちを切り替えてティーワゴンを押していく。今はこの場を乗り切らなければと、ソファの近くで動きを止めてお茶の準備をはじめた。

「そういえば、伯母上の様子はどうなんだ？　別邸で療養中だって聞いたけど」

「……今は、落ち着いているようだよ」

「会いには行ってないのか？」

「まだ」

「そうか……」

不意にライアンが切り出した話に、サーシャは密かに息をひそめる。

話の内容からして、『伯母上』がユーリの母ジュリアを指していることは間違いなさそうだ。

ならば、ライアンはユーリの従兄弟ということになる。

それなら二人のこの親しさもなんら不思議ではなかった。

「まぁでも、俺たちがいくら思い悩んだところで、伯母上があんなふうになってしまったのは伯父上に原因があるんだろうしなぁ……」

「……」

「……そう…なんだろ？」

ライアンは窺うように問いかける。

だが、ユーリのほうは黙り込んで答えない。特に表情を変えるでもなく、お茶の準備をするサーシャの手元をじっと見つめていた。

——あんなふう……？　お義父さまが原因ってどういうことかしら……。

早くお茶を出して部屋を出ようと思うのに、話が気になって仕方ない。

ティーカップに紅茶を注ぐ手が止まってしまい、集中しなければと焦っていると、ライアンが躊躇いがちに口を開いた。

「これから…、どうするんだ？」

「……」

「ユーリ……？」

「……どうって言われてもね……。もとを絶たなければ、どうにもならないんじゃないかな」

「なんだよそれ。ずいぶん物騒だな」

「そう？」

「そうだよ…、そんなのユーリらしくないって」

「僕らしいって、どんなの？」

「え？　そ、それは……」

どことなく漂う緊張感。

やけに深刻そうに聞こえて、サーシャまで緊張してしまう。

しかし、ライアンはこういった緊張感が苦手のようで、逃げるようにソファを立つ。部屋を見回し、何げない素振りで棚のほうに向かうと、そこに並べられた人形を無造作に手に取った。

――やだ、手つきが乱暴……。

そこにある人形は、すべてユーリからもらったものだ。

それを知らないからか、ライアンは人形の腕を広げたり、スカートの中を覗いたりと扱い方が雑すぎてハラハラさせられる。

「それはサーシャの人形なんだ。そんなふうに乱暴にしてはだめだよ」

「へぇ、そうなんだ。ずいぶん少女趣味なんだな」

ユーリがさり気なく注意すると、ライアンは悪びれもせずにくすりと笑う。

サーシャはむっとしながらティーカップをユーリの前に置き、ついでにライアンのぶんも置く。

馬鹿にされたようで気分が悪かったが、今はすべて呑み込むしかない。

紅茶は用意したのだから、早く部屋を出よう。サーシャは静かにティーワゴンを押して扉に向かった。

そのとき、

「――ところで君さ、前からここにいたっけ？」

「……っ」

唐突にライアンが話しかけてきた。

サーシャは肩をびくつかせ、おそるおそる振り向くとライアンと目が合う。

やはり今のは自分に向けられた言葉だったらしい。

いきなりなんなのだろうと思ったが、黙っているわけにもいかないのでサーシャはぎこちなく答えた。

「最近…、入ったばかりです」

「そうなんだ？　どっかで会った気がしたんだけど」

「え…っ」

「……まぁでも、そんなわけないか。きっと、俺の好みだから気になったんだな」

「……!?」

「嘘じゃないって。このままうちの屋敷まで持ち帰りたいくらい」

言いながら、ライアンはどんどん近づいてくる。

サーシャは左右を見回し、無意識に逃げ場を探した。

そんなことを言われても困る。じっと顔を見ないでほしい。これ以上話をしていたら、次に会うことがあったときに誤魔化しきれないかもしれなかった。

「ライアン、それ以上はだめだよ。彼女、ここで働きはじめたばかりなのに、怖がって辞めてしまったらどうするんだ」

「ははっ、俺のどこが怖いって？　優しいの間違いだろ」

「……ライアン」

「はいはい、わかったよ。……はぁ、もういいか。やっぱり帰るわ」

「サーシャに会わなくていいのか？」

「あぁ、俺もそんなに暇じゃないんだよね。――っと、紅茶は飲んでいかないとな。折角用意してくれたんだし」

ユーリが窘めてくれたお陰で諦めたのだろう。ライアンは元いた場所に戻ると、テーブルに置かれたティーカップを手に取り一気に飲み干した。

もっと失礼な人かと思っていたが、一応の礼儀は持っているらしい。

妙な感心を覚えてサーシャは壁際に移動する。ライアンは紅茶のカップを置くと、軽く手を振って扉に向かった。

「じゃあな、ユーリ。近いうちにまた来るから」

「……あぁ」

「というわけだから、君、外まで送ってくれる？」

「えっ、わ、私…ですか？　で、ですが……っ」

「さ、行こうか」

「あ…っ」

ライアンは扉を開けながらサーシャの手を摑む。

後ずさりしようとしたところを強引に引っ張られ、そのまま一緒に廊下に出てしまう。

部屋からはガタンッと音が響き、ユーリが何か言いかけたが、ライアンは気にすることなく扉を閉めて歩きだした。

「こ…っ、困ります……ッ！」

「いいから、いいから」

一体何がいいと言うのだ。

ライアンはサーシャの手を引っ張り、歩調を速めて一階に下りる。

強く手を握られているから振りほどくこともできない。

その横顔を見ると愉しげに唇を歪めていて、彼は左右を見回してからまたサーシャの手を引っ張った。

「こっちだな」

「あの、手を放してください……っ」

「もう少し待って。部屋に入ったら放してあげるから」

「部屋？　どっ、どういうことですか？」

「それはやっぱりアレだよ」

「アレってなんですか!?」

「照れてるの？　ほんとにかわいいなぁ」

何をどうしたら照れていることになるのか。

サーシャは段々と焦って声が大きくなってしまう。

嫌な予感がして思いきり腕を引くと、ぱっと手が放される。サーシャはよろめきながらもその場から逃げようとした。

「おっと、危ない」

「あっ!?　や、いやっ、放してください！」

だが、放されたばかりの手はすぐに摑まれてしまう。

逃げようとしても壁際まで追い詰められ、どこにも行けない。

背中を壁に押し当てると同時にライアンはサーシャの頭の左右に手を置き、難なく逃げ場を封じてきた。

——どうしてこんなことを……。

自分のことは侍女だと思っているはずだ。

それなのに、なぜ襲うような真似をするのだろう。

「いい表情だな…。こんなにそそられるのは久しぶりだ」

間近に迫るライアンの顔。

サラサラの金髪。吸い込まれそうな琥珀色の瞳。

従兄弟というだけあってユーリとよく似ている。囁いたときの掠れ声などは、ドキリと
するほどそっくりだった。

「君の名前は？　このままうちにおいでよ。俺の専属の侍女にしてあげるから」

「いっ、いやです。離れてください……っ」

「大丈夫、優しくする。本当だよ？」

「いやっ、いやです……ッ」

サーシャは必死に首を横に振る。

ユーリと似た顔と声で口説くのはやめてほしい。

そうこうするうちに腰を抱かれ、近くの部屋に連れ込まれそうになる。サーシャは蒼白になってその場で足を踏ん張った。

「——そんな大きな声を出して、どうかしたのかい？」

「……ッ！」

と、そのとき、後ろから声がかかる。

咄嗟に振り向くと、少し離れた部屋の扉が開く。

よかった、気づいてくれた人がいた。

のんびりした口調にサーシャはほっと胸を撫で下ろす。扉の向こうから出てきたのは、思ったとおりアルバートだった。

「伯父上」

「ん…、どうして二人が……？」

そういえば、一階には義父の自室があったのだ。

すぐには状況を摑めないようだが、そんなことはどうでもいい。連れ込まれる寸前の助けに涙が溢れそうだった。

「……え？」

だが、サーシャの表情は一瞬のうちに凍りつく。

よくよく見てみると、とうに昼を過ぎた時間だというのにアルバートはガウンを着ていた。その胸元は大きくはだけているうえに、下衣は穿いていないのか、ガウンの裾から素足が見えていたのだ。

――昼食のときは服を着ていたのに……。

いつもの如く朝食のときはまだ寝ていたようだが昼食は一緒だった。そのときはしっかり着替えていたのにどういうことだろう。裸の上にガウンを羽織っただけという恰好からして、また眠っていたのだろうか。

「あ……」

その直後、アルバートの後ろで人影が揺らいだ。

誰かいる。息を呑んでその動きに目を凝らすと、開いた扉から廊下の様子を窺う人の姿が見えた。

――女の人……？

アルバートよりずっと背が低く、身体の線が柔らかい。

結婚式の翌朝を思い出し、サーシャはごくりと唾を飲み込む。

あの日以来、それらしき場面に遭遇することがなかったから忘れていたが、もしかしたらとんでもない状況に出くわしてしまったのかもしれない。

「伯父上…、相変わらずお盛んだね」

「うん？　あぁ…、いやぁ……」

ややあって、ライアンが苦笑気味に肩を竦めた。

するとアルバートは一瞬不思議そうな顔をしたが、後ろを見て曖昧に笑う。

アルバートは、そこでじっと様子を窺っていた女性がびくつき、その拍子にサーシャと目が合い、「あ…」と小さな声が上がる。こちらからは誰だかわかるほどはっきりと見えたわけではなかったが、女性はよほど動転したのか、慌てた様子で部屋から出てきてしまった。

「――ッ!?」

サーシャは彼女を見て思わず絶句した。

胸に抱いているのは、くしゃくしゃになったエプロン。

今の自分と同じ侍女の服装。

アルバートの部屋から出てきたのは、この前見た侍女ではなかった。サーシャがここに来た日から身の回りの世話をしてくれていた侍女のクレアだったのだ。

「す、すみません……ッ」

クレアは真っ赤な顔で頭を下げると、呆然とするサーシャから逃げるようにその場から走り去る。普段はとても落ち着いているのに姿が見えなくなってもバタバタと足音が聞こえるほどで、激しく取り乱しているのがわかるようだった。

——今のって……。

頭が真っ白になって二の句が継げない。

今がどんな状況だったのかも忘れてしまいそうだった。

だが、そんなサーシャの顔をライアンが覗き込もうとした瞬間、腰を抱いていた腕が離れた。

「イ…ッ!?」

直後、ライアンの顔が苦痛に歪む。

見れば、彼の腕は背中に向かって捻りあげられている。

ライアンは顔をしかめ、サーシャから離れて後ろを振り返った。

同じようにサーシャも後ろを見ると、そこには強ばった表情で息を荒らげ、ライアンの腕を摑むユーリがいた。

「ユーリ！」

「サーシャ……、遅くなってごめん。外に捜しに行ってしまったよ」

サーシャが声を上げると、ユーリは僅かに表情を緩める。

無事だったことに安堵したのか、ほっと息をつき、痛がるライアンを一瞥してその腕を放した。

「ってぇ…ッ、ユーリ、なんのつもりだよっ!?　こんなことして腕が折れたらどうす……、……え…、……サー…シャ……?」

「……そうだよ」

「え……、はぁあ…っ!?」

ライアンは声を荒らげて憤慨していたが、その顔は途中で困惑に変わった。状況が呑み込めないといった様子でライアンはサーシャに目を移す。

その視線にサーシャは肩をびくつかせ、ユーリに駆け寄って腕に抱きついた。それを見たライアンは頬をひくつかせてガシガシと前髪を掻き上げる。

「えぇと?　つまりどういうことだ?」

「彼女が僕の奥さんってことだよ」

「……ッ、だ、だってその恰好は……」

「それは察してくれないと」

「どう察しろって言うんだよッ!?」

「まぁ…、僕も多少は悪いけどね。だけど、人の家の侍女にいきなり手を出そうとするとは思わないじゃないか。いくらサーシャがかわいいからって、それは常識外れというものだ。今回は見逃してあげるけど、次は許さないよ」

「う……」

いつもどおりの優しい口調に対して、有無を言わさぬユーリの強い眼差し。

ライアンはたじろいだ様子で声を呑み、再びサーシャに目を向ける。確かめるようにジロジロと見つめ、ややあって盛大にため息をついた。

「……昼間から何やってんだよ……」

その言葉に、サーシャはハッとした。

あんなに頑張って侍女を演じたのに、あっさりばれてしまった。

しかも、見られたのはライアンだけではない。紅茶を部屋に運ぶ途中、エミリにも見られてしまったし、今はすぐそこでアルバートがまじまじと自分を見ているのだ。

きっと、皆に変に思われたに違いない。

こんな恰好で昼間から何をしようとしていたのか。

日頃、自分たちがどんな夫婦生活を送っているのか、さまざまな衣装に着替えて行為に及んでいることまで気づかれてしまったのではないか。

サーシャの顔は火を噴いたように真っ赤になり、涙目でユーリを睨んだ。

「ユーリのばかっ、こんな恰好させるから……ッ」

「……ごめんね。僕が悪かったよ。でも…、すごくかわいい……。思ったとおり、よく似合ってる。侍女のサーシャも素敵だよ」

「〜……ッ」

ユーリは謝罪しながらも、サーシャを見るや否や途端に表情が緩む。

皆が見ているのに、なんて恥ずかしいことを堂々と言うのだ。

紅潮して黙り込むと、感心した様子で呟くアルバートの声が聞こえた。

「我が子ながら、面白い趣向を思いついたものだな……」

アルバートは乱れたガウンをそのままに腕を組んで頷いている。

その様子からは疚しい気持ちなど微塵も感じられない。

先ほどまで、部屋に侍女を連れ込んでいたのになんとも思っていないのだろうか。人に見られてしまったのに、どうして平然としていられるのだろう。

——まさか、慣れてるとか？

ふと、隣を見ると、ユーリもアルバートを見ていた。

やけに冷めた瞳が、以前食堂で見たときのものと重なってドキッとする。そういえば、あのときもアルバートの話をしていたのだ。

「ユーリ……？」

「……ん、どうかした？」

「う、ううん」

「そう？　……ふふ、本当にかわいいね」

「ユーリ…ッ」

「ごめんね、好きだよ」

恥ずかしがるのが馬鹿らしく思えるほどの甘い言葉。

本当は少しくらい文句を言いたかった。

こんな恰好をさせて何が面白いのか。せめて夜だけにしてくれればこんな思いをせずにいられたと心の中ではたくさん文句を言えたが、嬉しそうな顔を見ると何も言えなくなってしまう。

――ユーリ、ずるい……。

サーシャは皆の視線から逃れるようにユーリの腕に顔を埋める。

いっぺんにいろいろなことがありすぎて、少しも考えが纏まらない。

恥ずかしくて、何がなんだかわからなくて頭の中がぐちゃぐちゃだった。

はじめて感じる胸のモヤモヤ。
ユーリはずるい。

いつも自分ばかり恥ずかしい思いをしている。

満面の笑みでお願いされると、なんでも言うことを聞いてしまう。

喜ぶ顔が見たくて、どんなことでも受け入れてしまう。

きっと、彼の思いどおりにならないことはないのだ。

一度は収まった感情だったが、侍女の姿を皆に見られたことはサーシャの中に強い羞恥心を残し、夜になってもなかなか消えてくれない。簡単に流されてしまう自分もいけないとわかっていたが、昼間の出来事を思い出してはジタバタしたくなるほどの恥ずかしさに襲われた。

「サーシャ、折角だから今夜はこれを着てほしいな」

それなのに、ユーリはいつもとまるで変わらない。

ニコニコ笑って彼が差し出したのは、よりによって侍女の服だった。

——昼間は何もできなかったから夜にしようというの？

サーシャはむっと唇を引き結び、差し出された侍女服から目を逸らす。

いつもなら彼の笑顔一つで流されるところだが、昼に感じた羞恥心がむくむくと蘇ってくる。今日の今日でその恰好はしたくなかった。

「……ごめんなさい。実は、月のものが来てしまって……」

「え……」

「だから、しばらくできないの」

不意に思いついた断りの文言。

実際、もう来てもおかしくない頃だったから思いついたことだった。

とはいえ、嘘は嘘だ。密かに後ろめたさを感じていると、ユーリはしょんぼりした様子で眉を下げた。

「……それは大変…、こんなことをしてる場合じゃなかったね」

言いながら、彼の目はどこか寂しげだ。

手にした侍女服をじっと見つめ、ふるふると首を横に振って頷く。

そんなに着てほしかったのだろうか。

見ているだけで胸が痛くなったが、今さら嘘だなんて言えない。どのみち、月のものが来れば何もできないのだからと自分を誤魔化すことしかできなかった。

「じゃあ、もう寝たほうがいいね。その…、月のものが来ている間も、僕と一緒に眠って大丈夫？　もちろん変なことはしないよ」

「え、ええ、それは……」

「よかった」

ユーリはほっと息をつき、ふわりと微笑む。

労わるように頬を撫でられ、胸の痛みが強くなった。

変に意地を張るから後悔するのだ。

嘘をつくくらいなら、心の中のモヤモヤをぶつければよかったのだ。

これでは明日も明後日も何もしてもらえない。

月経の周期が乱れることはほとんどないから一両日中には来るだろうが、後ろめたい気持ちでいっぱいの中、サーシャはベッドに促されて横になる。ユーリも隣に横たわると、そのまま目を瞑って囁いた。

「おやすみ、サーシャ」

「……おやすみ……なさい……」

彼は、いつもと違って、少しも触れようとしなかった。

いつもと違って、それ以上何も言わない。

やがて、微かな呼吸音が聞こえ、隣を見るとユーリはもう眠っていた。

規則正しく上下する胸板。普段は自分が先に寝てしまうから、彼の寝顔を見るのははじめてだった。

——ごめんなさい……。

心の中で謝り、サーシャも目を閉じる。

もう二度と嘘はつかないと心に誓い、その後はすぐに眠りに就いた——。

ところが、その日の深夜のこと。

「――う、うぅ……、……っぐぅ……、ううう……ッ」

どこかから聞こえてくるうめき声にサーシャの意識は唐突に戻される。

苦しげな息づかい。絞り出すような掠れ声。

ふと目が覚めて、ぼんやりした頭で隣を見る。そこで目にした光景にサーシャはぎょっとして飛び起きた。

「うぅう…、うぐ…、うう…、っふ…ぐ……」

「ユーリ!?　どうしたの、ユーリ!?」

息ができないといった様子で喉を掻きむしる左手。

額には汗が滲み、ユーリは苦悶に満ちた顔をしていた。

だが、苦しいのは当然だった。

彼は一方の手で自分の首を絞めていたのだ。

「ユーリ、何してるの!?　そんなことしちゃだめよ……っ!」

「うっぅ…、……う…、う……」

「だめ…、だめだったら……っ」

「ぐ…、う…、うぅ……」

サーシャはやめさせようと彼の手を摑んだ。

ユーリの力は驚くほど強かったが、止めないわけにはいかない。

「ユーリ……ッ！」

「——ッ!?」

サーシャは首を絞めている彼の右の手首を必死で引きはがす。

その瞬間、ユーリはハッとした様子で目を見開き、肩で息をしながら呆然とサーシャを見つめた。

「サー…シャ？」

「ユーリ、ユーリ、大丈夫!?」

「……ど…したの、そんな顔して」

「どうしたのじゃないわっ！　ユーリ、すごくうなされて……、自分の首を絞めていたのよ!?　あんなに強い力で絞めたら死んでしまうわ！」

サーシャは叫び、彼の右手を力いっぱい抱き締める。

寝る前は変わった様子はなかった。こんなこと、今まで一度もなかったのにどうしてしまったというのか。

「……あぁ……」

一拍置いて、ユーリは小さく頷く。

乱れた呼吸はなかなか元に戻らず、胸を上下させながらだったが、取り乱す自分と違って彼の表情は落ち着いている。その瞳は、驚くほどのことではないと言っているようだった。

「昔から、夢見が悪くてね。最近はなかったんだけど」

「夢…、怖い夢を見ていたの？」

「……そうなのかな」

「覚えてないの？」

「はっきりとは」

「そう…なの……」

ユーリは曖昧に答えて深く息をつく。

夢の内容を覚えていないのは、別に珍しいことでもなんでもない。

そんなのはサーシャも同じだ。寝たらすぐに朝が来てしまうほど眠りが深いので、夢を見ていたとしてもまったく覚えていない。

けれど、今のは違う気がする。

彼は本当に何も覚えていないのだろうか。

夢見が悪いなんて、そんな言葉で片付けられない怖さを感じた。

「折角寝ていたのに起こしてしまったね」

「そんなこと気にしないで。それより、何かできることはある？　枕を変えるとか、寝るときの位置を私と反対にするとか、小さなことでもいいからなんでも言って」

「……う……ん、特には……。……あぁ……、じゃあ、あれで繋いで寝てもいいかな」

　ユーリは『何もない』と言おうとしたようだった。

　しかし、ふと何かを思いついた様子でゆっくり身を起こす。そのまま右腕を引こうとしてサーシャが手を握ったままだと気づき、左手で枕の下を弄った。

　そこに小箱があることはサーシャも知っている。

　中に何が入っているのかなんて今さら聞くまでもなかったので、彼が箱を開けると同時に問いかけた。

「リボンで繋いで寝るの？」

「だめかな」

「ううん、それくらい平気よ」

「……ありがとう」

　それくらい、大したことではない。

　少し寝返りが打ちづらい程度ですぐに慣れるとは思う。

　けれど、こんなことで怖い夢を見なくなるものなのだろうか。よくわからなかったけれど、サーシャはこれが彼の望みならと黙って受け入れ、互いの手首をリボンで繋いで再び横になった。

「……ねぇユーリ…、いつから怖い夢を見るようになったの？」

「いつからだったかな。ずっと昔からだよ」

「そうなの…。全然知らなかった……」

「心配させてごめん」

「ううん、気づいてよかったわ。またうなされることがあったら、絶対に起こしてあげるから安心してね」

「ありがとう。サーシャは優しいね」

「私はユーリの奥さんなんだから、これくらい当然よ」

「……嬉しい。ありがとう」

「もう…、そればっかり」

「ふふ」

二人を繋ぐ想い出のリボン。

ユーリの右手とサーシャの左手。

また夢にうなされても、少なくとも彼の右手は使えない。

おかしな動きをしていれば、きっと気づいてあげられる。そう考えれば、リボンで繋ぐのは有効な手段かもしれなかった。

「夢なんて、なんの意味もないのにね……」

「ユーリ……？」

「なんでもないよ。サーシャ、今度こそおやすみ……」

「……ん…、おやすみなさい」

軽く口づけられ、左腕で優しく抱き締められる。

胸の奥がきゅっと切なくなり、サーシャは彼の胸元に顔を埋めた。

——もう二度とユーリが怖い夢を見ませんように……。

目を閉じると、先ほどの苦しげなユーリの顔が脳裏にちらつく。

だが、それを必死で振り払っているうちに頭の上から規則正しい呼吸音が聞こえてくる。

それがユーリの寝息だと気づいた途端、サーシャは急激な眠気に襲われて、意識が遠ざかるのを感じた。

「……、……なんの意味もない……。もとを絶たなければ……」

だから、遠い意識の向こうで聞こえた声がなんだったのかはよくわからない。

あれはユーリの声だった。彼は夢の続きを見ていたのだろうか。それとも、実際はまだ起きていたのかさえ定かではなかった。

『……どうって言われてもね……。もとを絶たなければ、どうにもならないんじゃないかな』

眠りに落ちる寸前、サーシャは日中の光景を思い出していた。

ソファに座って話すユーリとライアン。

確か、あのときはユーリの母ジュリアのことを話していたのだ。

もしかして、ユーリは家族の夢を見ていたのだろうか。

それが自分の首を絞めるのとどう繋がるのかはよくわからない。

彼は何か大変なことを心の中に抱えているのではないか。私は大事なことを知らずにいるのではないだろうか……。

漠然とした疑問を感じながら、サーシャの意識はそこで完全に途切れる。

その後、彼がうなされることはなく、二人とも朝までぐっすりと眠ることができたのだった。

第四章

ユーリの家族は、幼い頃からサーシャの憧れだった。

陽の光で輝く金髪。宝石のように煌めく美しい瞳。

はじめて見たときは、皆、キラキラしていて、なんて綺麗な人たちなのだろうと眩しく思ったものだった。

アルバートはいつもニコニコして人当たりがよく、ジュリアはおしとやかな美人で誰の話にもきちんと耳を傾けてくれる聞き上手。ユーリはそんな二人のいいところをすべて受け継いだような穏やかで優しい性格。

あの中にいられたら、どんなに毎日が幸せだろう。

サーシャは会ったその日にユーリに恋をして、帰りの馬車の中では今すぐ大人になれればいいのにと切ない想いに身を焦がし、彼の花嫁になる日を待ち遠しく思いながら八年という歳月を過ごしてきた。

「——私は…、何も見えていなかったのかしら……」

部屋の窓からぼんやり外を眺めながら、サーシャはぽつりと呟く。

抱き続けた勝手な理想。年に一度しか会えなかったのだから、知らないことがあっても不思議ではない。

けれど、結婚して一か月が過ぎ、見えてきた現実には戸惑いを隠せない。

ジュリアが病気療養中だというのに、アルバートは複数の侍女と浮気している。頻繁に外出するのも、よそに浮気相手がいるからのようで、帰宅したときは必ずと言っていいほど女性物の香水の匂いを漂わせていた。

最初は大変なことに気づいてしまったとサーシャも思っていた。

しかし、ここに来て日が浅い自分が気づいたことをユーリとエミリが知らないはずがない。ある日の食事中、二人のほうからアルバートは昔から浮気が絶えないという話を聞かされたが、そのときの目がとうに諦めているように見えてとても哀しかった。

そんな状態だから、ユーリの悪夢のことをアルバートに相談できるはずもない。

自分の首を絞めながら喉を掻きむしるという異常なうなされ方をした夜から、すでに一週間。

あれ以来、ユーリがうなされることは一度もなかったけれど、あの夜の苦しげな顔が頭からずっと消えずにいる。今でも寝るときは互いの手首をリボンで繋いでいるが、それで彼が嫌な夢を見ずに済む保証はどこにもなかった。

「……私も、まだユーリに謝っていないし……」

サーシャは窓枠に手をかけ、ベッドのほうに目を向ける。

彼の誘いを『月のものがきた』と嘘をついて断ったが、あの翌日に月のものがきてしまって本当のことを言えていないのだ。もちろん、折を見て謝るつもりでいるが、月のものが終わってからのことは何も考えていなかった。

——こういうときは、自分から伝えるべきなのかしら……。

誘っているようで恥ずかしいけれど、言わなければ彼にもわからないだろう。

それに、ユーリがさまざまな衣装をサーシャに着せたがるのは情事のときだけだから、ここしばらくは彼に着替えを求められることもなくなっていた。

一週間前はそのことでへそを曲げたくせに、今は密かに物足りなさを感じてしまっている。自らの意志で侍女の服に着替えた時点でその先の行為を期待していたようなものだったのに、何もないと物足りないだなんて自分の勝手さに呆れるばかりだった。

——コン…、コン。

そのとき、遠慮がちに扉をノックする音がして、サーシャは身じろぎをする。

振り向くと、ゆっくり扉が開いて小さな顔がぴょこんと覗いた。

「エミリちゃん？」

「……今、大丈夫？」

「ええ、もちろんよ。どうぞ入って」

サーシャは窓辺を離れ、エミリを部屋の中に促す。

恥ずかしいことを考えていたから後ろめたさがあったが、折角来てくれたのだから笑顔で迎えたかった。一週間前、エミリに侍女の恰好をしているところを見られ、そのあと何日かは顔を合わせるたびに気まずそうにされてしまったのだ。

ここ数日は笑顔を見せてくれるようになり、こうして部屋に遊びに来てくれることも増えた。けれど、エミリはあのときのことに触れてはいけないと思っているのか、これまで一度も話題にのぼったことはなかった。

「お菓子食べる？　この前ユーリが買ってきてくれたの。エミリちゃんが来たときに、一緒に食べるようにって」

「う…ん、じゃあ少しだけ」

エミリが頷くのを見て、サーシャは棚に向かった。

引き出しからお菓子の箱を取りだし、その場を離れようとして動きを止める。ソファに座っているものと思っていたエミリがすぐ横にいたからだ。

「どうしたの？」

「その…、お人形、見たくて……」

「お人形？　えぇどうぞ、抱っこもしてみる？」

「……ううん、見るだけでいい。そんな子供じゃないから」

「そうね、わかったわ」

サーシャはにこにこしながら頷く。

八歳は充分子供だと思うが、背伸びしたい時期なのだろう。

棚の上にはユーリからもらった人形がすべて飾られてあり、エミリはこの部屋に来るたびに目をキラキラさせて眺めていく。顔を見れば触れてみたいのがひと目でわかるほどなのに、大人ぶって我慢する様子が抱き締めたくなるほどかわいかった。

「お人形…、右の子だけ雰囲気が違うのね」

「その子は私がはじめてこの屋敷に来たときにもらったものだから」

「あ…、そういえば、前にそう聞いたんだわ……。じゃあ、このお人形の並びはもらった順？」

「そうよ。すごいわ、どうしてわかったの？」

エミリは棚の人形をまじまじと見つめて納得したように頷く。

見ているだけでそんなことがわかるとは驚きだ。

サーシャが目を丸くしていると、エミリは頬を赤くしてはにかんだ。

「それはだって、どんどん上手になっているのがわかるから……」

「上手……って？」

「だからそれは……。——あ、この子の服、どこかで見たことがあると思ったら、うちの屋敷の侍女と同じ恰好だわ。もしかして、サーシャちゃんの代わりにお人形に着せたのかしら？」

「エミリちゃんっ!?　どうしてそのことを……っ」

「え、やっぱりそうだったの？　もう…、お兄さまったら、どうせそんなことだろうと思っていたけど……」

サーシャの反応を見て、エミリはため息混じりに自分の頬に手を当てる。

ほんの少し前まで背伸びをした子供という感じだったのに、今のエミリは八歳とは思えないほど大人びた表情で、憐れむようにサーシャを見上げていた。

「サーシャちゃん、お兄さまのこと見捨てないでね」

「い、いきなりどうしたの……？」

「だってサーシャちゃん、この前、侍女に変装させられていたでしょう？　本当はずっと心配だったの。貴族の娘にあんな恰好をさせて、サーシャちゃんがお兄さまのこと嫌いになったらどうしようって」

「まさか、あれくらいで嫌いになるわけ……。あれは単なる設定と言うか」

「設定？」

「あっ、ううん、なんでもないの。自分は貴族だからとか、考えたこともなかったわ」

「でも…、呆れたでしょ……？」

「そっ、そんなこと…っ、あの程度、なんでもないわ」

「本当？」

「本当よ！　ユーリのこと大好きよ」

いきなり一週間前の話をされて、サーシャは動揺をあらわにする。

だが、不安そうに見られては黙っているわけにいかない。てっきり触れてはいけないことだと気遣って話題にしないのかと思っていたから、まさか兄の心配をしていたとは想像もつかなかった。

――だけど、どうして人形に着せた服を私の代わりだと気づいたのかしら……。

いくら兄想いでも、人形を見ただけでそんなことがわかるものだろうか。

不思議に思って棚の人形に目を向けると、エミリはほっとした様子で胸を撫で下ろした。

「よかった……。実を言うと、私もお兄さまの趣味に協力していたことがあったから、嫌われたらどうしようって思っていたの」

「……ユーリの趣味？」

「今思えば練習のつもりだったのだろうけど、前は私にもたくさん作ってくれたのよ。ほら、お人形の衣装…、どんどん上達しているでしょ？」

「え？」

エミリは言いながら、一番右の人形から順々に指差していく。

つられてサーシャも右から見ていくと、エミリは「ね？」とにっこり笑った。

──確かに、左にいくほどお人形の衣装が作り込まれていっているかも……。

それに、右側の人形ほど縫製に多少粗があるように感じられる。

毎年人形が贈られてくるのが楽しみだったのは、いつもまったく違う衣装だったこともあるが、こういった違いに気づいたのははじめてだった。

「だけど、お人形の衣装がどんどん上達って……？」

「もしかしてサーシャちゃん、お兄さまの趣味のこと聞いてないの……？　まさか、秘密だったのかしら」

「……秘密」

「あ…、ううん、違うわ。さすがにそれはないと思う。だって、あ、あ、あそこにあるのは全部サーシャちゃんのために作ったものだから」

「……？」

先ほどから、エミリの話が今一つ呑み込めない。

きょとんとしていると、エミリは思いついたように顔を輝かせる。おもむろにサーシャの手を摑み、笑顔で扉のほうへと引っ張った。

「サーシャちゃん、一緒に来て」

「どうしたの？　お菓子は……」

「そんなの後回しよ。見せたいものがあるの」

「え、あの…っ、エミリちゃん、ちょっと待って」

ぐいぐい引っ張られ、サーシャは慌ててお菓子の箱を近くのテーブルに置いた。

一体何を見せてくれるというのだろう。

エミリは廊下に出ると、サーシャを連れて一階に向かう。そのまま長い廊下を進み、数ある部屋の前を通り過ぎ、ややあって扉の前で立ち止まった。

「この部屋…？」

「うん」

エミリは得意げに頷き、目の前の扉を開く。

ゆっくり開かれた扉の向こうは薄暗く、様子を窺う間もなく手を引っ張られる。

しかし、エミリと部屋に足を踏み入れた直後、サーシャはびくんと身を強ばらせて小さな悲鳴を上げた。

「きゃぁっ!?」

「サーシャちゃん!?」

「だ…ッ、誰かいる…ッ！」

薄暗い中に見えたいくつもの人影。

その人影は微動だにせず、こちらをじっと見ているように感じられたのだ。

「エミリちゃ…、で、出よう……」

サーシャは得も言われぬ恐怖を感じて後ずさる。

だが、手を引いてもエミリはその場から動こうとしない。

一瞬、恐怖で動けないのかと思ったが、エミリは不思議そうに周囲を眺めると、何かに気づいた様子でくすくすと笑いだしたのだった。

「落ち着いて、サーシャちゃん。あれは人じゃないわ、ただの人形よ。マネキンっていうらしいわ」

「……、……えっ」

その言葉にサーシャはぱちぱちと目を瞬かせる。

――マネキン？

なんでそんなものがここにあるのだろう。

理解が追いつかず、おそるおそる人影のほうを見てみる。

部屋にあったのは、エミリの言うとおり所狭しと置かれた何体ものマネキンだった。

「これは、この前の侍女の服ね」

「……あ」

「隣のは花嫁衣装かしら。羽根のついたヴェールが素敵……っ。あ、サーシャちゃん見て、向こうにすごく豪華なドレスがあるわ。まるでお姫さまみたい！　それで……、あっちは修道服……？　なんだか質素なワンピースもあるし……、こっちは天使かしら……？　背中に羽が生えてる……。しばらくここには来ていなかったけど、変わった衣装がずいぶん増えたみたいね……」

部屋を歩き回り、エミリはマネキンが身に纏う服に目を輝かせていた。

だが、花嫁衣装から町娘風のワンピースまで種類はさまざまで統一感は微塵もない。

一つひとつ確かめては一喜一憂するエミリの反応を目にしながら、隣にいたサーシャの顔はみるみる真っ赤になっていった。

――この部屋、覚えのある服ばかりあるわ……。

部屋のあちこちに置かれた等身大のマネキン人形。

それらが身につけている服の大半はユーリがサーシャに贈った人形の服装と酷似しているだけでなく、情事の際にユーリに着替えさせられたものだったのだ。

しかも、見覚えのないものもたくさんある。

エミリは白いドレスの背につけられた羽を見て訝しがっているが、サーシャはそれを直視できない。もしや彼はあれも着せるつもりでいるのだろうか。ユーリがこれでどんな想像をしているのかサーシャには予想もつかなかった。

「――あれ？　こんなところでどうしたの？」

「……ッ」

と、そのとき、自分たちが入ってきた方向とは真逆から声が響く。

サーシャは肩をびくつかせ、咄嗟に振り返る。すると、壁際にオイルランプを持った男性が佇んでいるのが見えた。

どうやらここには続きの部屋があったらしい。

目を凝らして見ると、壁だと思っていた場所には扉があり、『彼』はそこから入ってきたようだった。

「お兄さま、そっちにいたのね」

「あぁ、たまっていた書類を片付けていたんだ。ようやく終わったから、一休みしようと思ってね」

特に驚く様子もなく交わされる会話。

扉が閉まってオイルランプの灯りがぼんやりと部屋を照らし、ぽかんとするサーシャに、ユーリは柔らかな笑みを向けた。

「もしかして、驚かせてしまったかな。隣は執務室なんだよ」

「そ、そうだったのね。私こそ勝手に入ってしまって……」

「いいんだ。いつでも好きなときにおいで。この部屋、カーテンを閉め切りにしてあるから昼間でも薄暗いけどね。生地が傷むよりはいいと思って。……あ、ちょっとここが気になるな……」

言いながら、ユーリはオイルランプを床に置く。

一番近くに置かれたマネキンのほうへ行くと、懐から袋のようなものを取りだしながら後ろに回る。その袋には針が入っていたらしく、ユーリはマネキンが着ているドレスをチクチクと器用に縫いはじめたのだった。

「……え、まさかここにある服、ユーリが作っていたの？」

「そうだよ、言ってなかったっけ？」

「し、知らない……」

「そっか…、ごめん。隠していたわけじゃなかったんだけど」

ユーリは眉を下げ、呆然とするサーシャに目を向ける。

ふるふると首を横に振ると、彼はにっこり笑ってまたドレスに目を戻す。その横顔はとても楽しそうで、指の動きには迷いがなかった。

「あのね、サーシャちゃん。お洋服を作るのは、お兄さまの趣味なの。前は私の服もたくさん縫ってくれたのよ。最近は全然だけどね」

「それは仕方ないさ。今はサーシャの服だけで手いっぱいなんだ」

「今はって、もう何年も作ってもらってないものっ。私はどうせ練習台だったんでしょ？　サーシャちゃんにあげたお人形の服のほうがずっと丁寧だったし……」

「そんな拗ね方をするものではないよ。エミリもいつか結婚したら自分の服を縫ってもらえばいいんだからね」

「そんな人、いるわけないでしょ！」

　エミリは口を尖らせ、ぷいっと横を向く。

　それを横目にユーリは苦笑を浮かべたが、縫い物をする手は動かしたままだ。

　――これが、ユーリの趣味……。

　二人の会話を聞きながら、サーシャは改めて部屋を見回す。

　初夜のときの花嫁衣装、翌日に着た修道服。

　王女のドレスに町娘のワンピース、侍女の服。覚えのあるものからはじめて見る衣装の数々。それだけでなく、サーシャに贈った人形もすべてユーリの手作りだったなんて驚き以外の何ものでもなかった。

『えぇ、ユーリさまを悪く言う者も見たことがありませんわ。例の趣味を知ったときは多少驚きはしましたけれど』

　ふと、初夜の日の侍女との会話を思い出す。

　そういえば、あのときにユーリに趣味があることは聞いていたのだ。

趣味を持つ貴族はとても多い。

しかし、洋裁が趣味という男性はかなり珍しい気がした。

厳格な家だったら反対される可能性もある。服を作ることも趣味の部屋を作ることも許されなかったかもしれないが、バロウズ家は当主であるアルバートからしてなかなかの変わり者だ。散々浮気してきたことを使用人たちが知らないはずはないのに、問題になった様子もない。

きっと、皆多少のことでは動じなくなっているのだろう。確かクレアはあのとき、長くいる他の使用人はユーリの趣味についてごく自然に受けて止めているというようなことも言っていた。

とはいえ、ここまで本格的な趣味だと感嘆すらしてしまう。

マネキンに着せた状態での作業を考えるに、今は仮縫いの段階のようだった。

「ユーリってこんなに器用だったのね。すごいわ、まるで職人さんね。私、一度も身体のサイズを測っていないのに、いつもぴったりだったもの」

「そんなに褒められると照れてしまうな。これでも、多少の手直しはしてるんだよ。やっぱり実際に触ったり見たりしないとわからないこともあるからね。今はもう大丈夫、しっかり自分の手で覚えたよ」

「ユッ、ユーリ……ッ」

「ふふっ、今言うことではなかったかな」

ここにはエミリもいるのに、なんてことを言いだすのだ。

真っ赤になって窘めると、ユーリは愉しげに笑って首を傾げる。咄嗟にエミリを見たが、まだこの手の話には疎いようで、口を尖らせて拗ねたままだった。

——コン、コン。

そのとき、扉をノックする音が部屋に響く。

今度はサーシャたちが入ってきたほうから聞こえてきて、振り向くと同時に扉が開けられる。中の様子を窺いながら入ってきたのは、この家の執事だった。

「やはりこちらでしたか。執務室にもお伺いしましたが、どなたもいらっしゃらなかったようなので……」

「何かあったのか？」

「それが……、つい今しがた、奥さまが突然お戻りになられまして」

「母上が？」

「はい、居間にいらっしゃいます。マルセルさまもご一緒に……」

「叔父上も？　どうして母上と一緒に」

「マルセルさまは、アルバートさまの様子を窺いに来られたようです。屋敷の前でばったり奥さまと鉢合わせしたとか」

「……あぁ」

ユーリの問いかけに、執事は神妙に答えていた。

だが、その表情には戸惑いが見え隠れしていて、ジュリアの突然の帰宅に困惑しているようだった。

――お義母さま、どうされたのかしら……。

病気療養のためにジュリアは今ここでは暮らしていない。

サーシャも心配だったから、見舞いに行きたいとユーリに何度かお願いしたことがあったが、まだ人に会えるほど回復していないのだと、よい返事をもらえずにいた。

それなのに、戻ったとはどういうことだろう。

何か事情があって無理に戻ってきたのだとしたら心配だった。

「……わかった、すぐに行く」

ユーリは低く頷き、サーシャを見つめた。

その瞳はなぜかとても緊張しているように見えて、サーシャが首を傾げると彼はぎこちなく唇を引き結んだ。

その直後、ぎゅぅっと強く手を握られてエミリに目を向ける。

どういうわけか、エミリもどことなく強ばった顔をしていた。

二人とも、久しぶりで緊張しているのだろうか。

不思議に思いながらもそれからすぐに居間に向かい、サーシャは一年ぶりにジュリアと再会することとなった。

❀　❀　❀

窓から差し込む太陽の光。

それが居間全体を明るく照らし、久しぶりに戻った家族を歓迎しているようだ。

居間に着くと、サーシャはユーリに続いてエミリと共に中へ足を踏み入れる。ソファに座るジュリアの姿を目にした途端、懐かしさで自分の頬が緩むのを感じた。

——思っていたより、元気そう……。

窓から光が当たっているからか、血色がよく見える。

髪には艶もあって表情も暗くない。身体の線が細いのは昔からで、特に痩せたという感じはなく、見ただけでは療養を必要とするほどとは思えなかった。

「母上、お一人で戻られたのですか？　連絡をくだされば迎えをやらせたのですが……」

「いいのよ、あなたたちに会いたくて衝動的に戻ってきてしまったのだから。別邸は静かすぎてあまり好きではないのよ。やっぱりこの場所のほうが落ち着くわ」

　ジュリアは苦笑を浮かべてユーリの言葉に頷く。

　そこでふと意識が逸れ、彼女はサーシャのほうに目を向けた。

「サーシャちゃん、お久しぶりね」

「おばさ…、お義母さま、お久しぶりです」

「ずっと留守にしてしまってごめんなさいね。結婚式にも出席できなくて、なんて謝罪すればいいのか……」

「そんなことお気になさらないでください。それより、お身体は大丈夫ですか？」

「ええ、なんとかね」

　物静かで優しい微笑み。

　昔と変わらない美しさに思わず見惚れてしまう。

　思ったより元気な様子に安心していると、ジュリアの斜め前に座っていた男性と目が合った。

「私はマルセル、ユーリとエミリの叔父なんだ。君たちの結婚式には出席していたんだが挨拶はまだだったね。ときどき来るけど、気を使わなくていいからね」

「は、はい、どうぞよろしくお願いします」

　サラサラの金髪に端整な顔立ち。

結婚式のときは緊張していたこともあって出席してくれた人の顔はほとんど覚えていない。しかし、彼がバロウズ家と繋がりのある人だというのはひと目でわかる。

居間に向かう間にユーリから教えてもらったが、彼はユーリの父アルバートの弟なのだそうだ。この前いきなり部屋に押しかけてサーシャに迫ったライアンの父でもあると聞いて警戒しそうになったが、どうやらマルセルはとても真面目な性格らしい。見た目はアルバートとよく似ているが、彼は昔から女性問題の多い兄を心配してはちょくちょく様子を見に来ているようだった。

——そういえば、お義父さまは……。

ふと、居間にアルバートがいないと気づいてサーシャは身じろぎをする。

朝食のときは就寝中だと執事が言っていたから、屋敷にはいたはずだ。この場に呼んでいないとは思えないから、もしかすると出かけてしまったのだろうか。

「……ところで、あの人は？」

あれこれ考えていると、ジュリアが口を開く。

サーシャはドキッとして思わずエミリの手を強く握る。『あの人』が誰を指すのかなんて聞くまでもないことだった。

「父上は、昼過ぎに外出したそうです」

やはりアルバートは外出してしまったようだ。

折角戻ってきたのに、なんてタイミングの悪さだろう。

マルセルはユーリの返答にため息を漏らしている。サーシャはなんとも言えない気持ちでジュリアに目を戻してびくんと肩を揺らした。

そこには氷のように冷たい眼差しがあった。

「そう…、相変わらずなのね」

低い呟きに居間は凍りつき、一瞬で水を打ったように静かになる。

サーシャはドクドク鳴る自分の心臓の音を聞きながら息を震わせた。

自分の知っているジュリアとは違う。

説明などいらない。とうに破綻した関係なのだと、その目を見ただけでわかってしまうほどだった。

「ジュリア、君はまだ少し休んでいたほうがいい。疲れているようだからね」

静まり返った部屋の中、しばらくしてマルセルが口を開く。

場の緊張を和らげるためか、笑顔を浮かべているがぎこちない。

けれど、自分が気遣われているとジュリアも気づいたのだろう。僅かに目を伏せると、気持ちを切り替えた様子で立ち上がった。

「一人で戻れるかい？　侍女を呼ぼうか」

「大丈夫よ、マルセル。心配させてごめんなさい。……ユーリ、私は部屋に戻るわね」

「ゆっくり休んでください」

「ええ、サーシャちゃんもまたあとでね」

「はい、お義母さま……」

小さく頷くと、ジュリアはふわりと微笑む。

そのままエミリにも笑みを向け、じっと見上げる娘の頭を撫でる。

先ほどとは打って変わって優しい表情に戻り、サーシャは思わず息をついた。

ジュリアはそれから程なくして居間を出ていったが、その場に残された緊張感はなかなか消えなかった。

何げなく視線を落とすと、不安げなエミリと目が合う。

久しぶりに母親に会えたのに少しも嬉しそうに見えない。

ユーリはソファから程近い場所に立って微動だにしなかった。

だが、その横顔が強ばっているのはわかる。思えば、ジュリアが戻ってきたと聞いたときから彼はずっとああだった。

「……どうしたものか」

マルセルのため息が静かな部屋に響く。

これは、なんなのだろう。どうしてこんなに沈んでいるのだろう。

突然のジュリアの帰宅。誰にも知らされていないことに驚きはあった。

はじめは皆、彼女の身体を心配しているのかと思っていたが、それにしては違和感のある反応に、サーシャはただただ不思議でならなかった。


その後、夜になってもユーリの様子はどこかおかしかった。

何を話しかけても、どこか上の空で表情も硬い。物思いに耽った様子でため息をつく姿も何度も見かけた。

「お義母さま、元気そうでよかった」

「……そうだね」

二人きりになった寝室。

いつもどおり、リボンで手首を繋いでベッドに横になる。

けれど、やはり彼の表情から喜びは感じられない。いつもどおりに見えて何かが違っていた。

「もう寝ようか……」

ややあって、彼は天井を見上げてぽつりと言う。

サーシャはその横顔をじっと見つめるが、ユーリはこちらを見てくれない。

昨日までは何もせずとも抱き締めてくれたのに、今日は触れようともしない。サーシャは得も言われぬ不安を感じ、躊躇いがちに口を開いた。

「あ、あの私、もう……──」

「……おやすみ」

「……っ」

静かに閉じる瞼。固く結んだ唇。

言いかけた言葉は、最後まで言えなかった。

月のものは終わったと言おうとしたが、遮るような『おやすみ』に阻まれて呑み込んでしまった。

「……おやすみ、なさい……」

違う、遮られたわけじゃない。きっと気のせいだ。

湧き上がる不安を胸にサーシャも目を閉じる。

寂しいなら自分から抱きつけばいい。

そう思っても、今夜はやけにユーリと距離を感じて、もし拒まれたらと思うと怖くてそれさえできなかった。

第五章

――一週間後。

家族揃っての朝食の時間。

一家の長が座る席にはアルバート。その隣は妻のジュリア。

テーブルを挟(はさ)んでユーリ、サーシャ、それからエミリの順で座るのがここ一週間で定着したことだ。

傍から見れば、幸せな家族の団らん風景。

実際はどうであろうと、一週間前まで決して見ることのなかった光景だった。

「こうして見ると、エミリもずいぶん大きくなったな」

「突然どうしたの、お父さま？」

「いや、将来が楽しみだと思ってね。父親として、子供の成長は嬉しいものだよ」

「ふぅん」

「たくさん食べて大きくなりなさい。ユーリとサーシャちゃんもね」

「父上、僕たちはもうそんなに大きくならないと思いますよ」

「いいんだよ。元気が一番だ」

親子の会話は自然で、ぎこちなさも感じない。

アルバートは皆が食べる様子を見て、にこにこ笑っていた。

人好きのする柔らかな笑みは、サーシャがはじめてここに来たときから少しも変わらない。こうしていると、彼がたくさんの女性と浮気しているのが嘘のようだった。

――だけど、全部本当のことなのよね……。

ユーリと結婚式を挙げた翌朝、アルバートの部屋からは侍女が出てきた。

それから一週間後、サーシャが襲われそうになっていたときもアルバートの部屋には別の侍女がいた。

その侍女はサーシャの身の回りの世話をしてくれていたが、あんな場面を見たあとも傍にいるのはかなりの気まずさだ。ユーリに相談すべきかサーシャが迷っていると、翌日には職を辞して彼女の姿はなくなっていた。彼女は使用人にあるまじき行いをした自分を酷く恥じていたようで、後日謝罪の手紙を受け取ったが、そこには『自分から誘った』といった趣旨のことが書かれてあったのもまた衝撃だった。

けれど、アルバートの浮気相手はそれだけに留まらない。

外出先から戻った彼からはいつも違う香水の匂いが漂い、屋敷まで送り届けた馬車には女性が乗っていたことまであるのだ。

――皆、知ってるのに、どうして普通でいられるのかしら……。

単に慣れてしまっただけか、それとも普通を装っているのかはわからない。

どちらにしても、サーシャには装うことさえ難しい話だ。

何げなくジュリアを見ると、彼女もいつもと変わりのない様子でスープを口に運んでいる。アルバートとの会話はなく、よそよそしさは感じるものの、避けているわけではなさそうなのも理解しがたかった。

ただ、一つだけ変わったことがある。

食事の時間には、家族が揃うようになったことだ。

特に朝食。これまではアルバートがいることなど滅多になかったが、ジュリアが戻ってからは彼も必ず一緒に過ごすようになったのだ。それについてはエミリも不思議そうに、

『こんなこと、前はなかったのよ』と首を傾げていたほどだった。

『ユーリ、お義母さまはどこを悪くされているの？』

『……ん、ココがね…、あまりよくないんだ』

以前、ユーリに聞いたとき、彼はそう言って自分の胸の辺りを手で押さえていた。

アルバートが一緒に食事をとるようになったのは、ジュリアの心臓の病気を心配しているからだろうか。もしや、本心では関係を修復したいと思っているのだろうか。

夫婦の問題に自分などが口を挟めるわけもないが、完全に破綻しているのでないならユーリやエミリだって嬉しいに決まっている。こうやって家族が揃うのは決して悪いことではなかった。

「ところで、ユーリとサーシャちゃんは喧嘩でもしたのかい？」

「えっ!?」

あれこれ考えていると、不意にアルバートが問いかけてくる。

いきなりのことにサーシャは思わず素っ頓狂な声を上げてしまい、慌てて口を押さえると、不思議そうに見つめられた。

「い…、いえ、喧嘩なんてそんなことは」

「そう？　ならいいんだけどね。ここ数日、二人きりでいるところを見かけないから、何かあったのかと思っていたんだ」

「そ、それは……」

「父上、考えすぎですよ。僕たちはいつもどおりです」

「……そう…？　まぁでも、二人がなんでもないと言うのだから、私の気のせいなんだろうね」

「そうですよ」

アルバートの疑問にユーリは冷静に返していた。

しどろもどろになってしまう自分とは違って、彼のほうは取り乱すこともない。

――お義父さま、意外に鋭いのね……。

内心そんなことを思いながら、サーシャは目を伏せる。

自分たちは確かに喧嘩などしていない。けれど、『いつもどおり』と言われても、今は素直に頷く気持ちになれなかった。

そのとき、ふと視線を感じて、顔を上げるとジュリアと目が合う。

彼女も、今の自分たちを見て思うことがあるのだろうか。

表情が変わらないから、内心何を思っているのかはわからない。ジュリアはただサーシャをじっと見ているだけだった。

「――まだ朝食中だったのか。ずいぶんゆっくりだなぁ」

と、その直後だった。

大食堂の扉が開いて、いきなり人が入ってくる。

覚えがあるその声にスプーンを持つサーシャの手がびくつく。扉のほうに目を向けると、そこにはライアンと彼の父マルセルの姿があった。

「おはよう、マルセルにライアン。今日は二人で来たんだね」

「兄さんおはよう。皆も…、今の息子の言葉は気にせず食事を続けてくれ。まだ時間が早いと言ったのに聞きやしないんだ。まったくせっかちで困ったものだよ」

「元気でいいじゃないか」

「兄さん…、ライアンはもう子供扱いするような年齢ではないんだ。ユーリより二歳も上なんだよ……。比べるものではないとわかっていても、毎晩のように遊び回ってどうしたものかと」

「ふふっ、友達が多いのはいいことだよ」

「私はもう少し落ち着いてほしいんだが……」

来て早々親に愚痴（ぐち）を言われるとは、ライアンはよほど普段から落ち着きがないようだ。マルセルはため息混じりにライアンを見るが、当の本人は素知らぬ顔をしている。軽く腕を小突かれても、明後日の方向を向いて聞かない振りをしていた。

そんな彼らのやり取りに、場の空気が見る間に和らぐ。

突然の訪問にもかかわらず、誰一人嫌な顔をする者はいない。皆が当たり前のように彼らを受け入れているというのは、サーシャにもわかることだった。

――この一週間、マルセルおじさまは毎日来ていたものね。

ジュリアが帰ってきたところに居合わせてしまったということもあるのだろう。

ほんの三十分程度でも、ここのところマルセルを見ない日はない。昔から女性問題の多い兄を心配してはちょくちょく様子を見に来ているとは聞いていたが、驚くほど兄想いで、ユーリやエミリも彼をとても信頼しているようだった。

とはいえ、ライアンを連れてくるのははじめてだ。

密かに警戒していると、ライアンは近場にあった椅子を持ってなぜかこちらに近づいてくる。彼はユーリとサーシャの間にその椅子を置き、図々しくも割り込むようにして座った。

――どうしてそんなところに座るの……っ。

エミリの隣も空いているのに、どうして間に入ってくるのか。

サーシャは顔を引きつらせ、背筋をぴんと伸ばす。

以前ライアンに襲われかけたことは忘れていない。

あのときは侍女の恰好をしていたから勘違いしたのはわかるが、平気で使用人に手を出そうとする感覚は理解できなかった。

「そんなに警戒しないでくれよ」

「けっ、警戒しているわけでは……っ」

「この前は悪かったって。俺だって、ユーリの奥さんだと知ってたら口説いたりしなかったんだ」

「あれは……」

「わかってる。ユーリとは幼いときからの付き合いだし、大抵のことは知ってるつもりだ。まともに見えて実は変わり者だってこともね。まぁ、それでもあれには驚いたけどさ。君にあんな恰好をさせて何をするつもりだったんだか……」

「……ッ」

ライアンはにやにや笑ってユーリを見やる。

あからさまに好奇の目を向けられ、ユーリは呆れた様子で息をついた。

「ライアン、誰が変わり者だって言うんだい？」

「だから、ユーリのことだろ？」

「僕はまともだよ。少なくとも、君より遥かにね」

「そう言われても、驚いたのは事実だし」

「……あれくらい、驚くほどのことじゃない」

「ははっ、なるほど、さすがは俺の従兄弟だ。そうだよな。わかるわかる。普段はもっとすごいことしてるんだよな」

ライアンは愉しげに笑い、ユーリの肩をぽんと叩く。

馬鹿にされたと思ったのか、ユーリは不愉快そうに口を閉ざすが、ライアンはそれを見てさらにおかしそうに笑っていた。

それでも、二人の間に剣呑な空気が流れることはない。

どちらかというと、兄弟がじゃれ合っているみたいだ。ユーリのこんな表情を見るのははじめてで、サーシャは新鮮な気持ちで二人のやり取りを見ていた。

「しかし、残念だよ。ここまで好みの子なんて滅多にいないのに」

「……えっ」

すると、不意にライアンがこちらに目を戻す。

品定めするようにジロジロ見られて身を固くすると、彼は盛大にため息をついて背もたれに身を預けた。

「まぁ、でも引き下がるしかないよな……。従兄弟の結婚相手を口説くのは、さすがに気が引けるし」

「ライアン、まだそんなことを言っているのか？」

「だって俺、好みの子はとりあえず口説く主義なんだよ。なびかない子とか、ものすごく燃えるんだ。もちろん、向こうから惚れられるのも最高だけど」

「要するになんでもいいってことじゃないか」

「それはそうさ。ピンときた相手なら当然だろ？」

ライアンはにっこり頷くと、さり気なくサーシャに手を伸ばす。

「あ…っ」

彼はスプーンを持ったサーシャの手に自分の手を重ねようとしている。

さわさわと手の甲を撫でようとする動きにサーシャが固まっていると、ユーリがすかさずライアンの手をつねった。

「いてッ」

「もっと強くやらないとわからないか？」

「いてて、ごめんって。つい癖でさ、もうしないからそんなに怒らないでくれよ」

「……まったく。少し調子にのりすぎだ」

じろりと睨まれ、ライアンは眉を下げて謝る。サーシャに触れようとした手を引くと、ユーリもそこでつねるのを止めて窘めるように彼の手の甲をペシッと叩いた。ライアンはそれで許してもらえたと思ったのか、その後は「ごめんごめん」とあっけらかんとした様子で笑っていた。

――なんて軽い人なのかしら……。

顔立ちはユーリと似ているのに、こうも性格が違うものか。

サーシャはスプーンを置いてさっと手を引っ込める。いつまた触れようとするかわからないと警戒して少しだけ椅子を離すと、それを見ていたアルバートが目を細めて微笑んだ。

「なに、伯父上」

「二人とも、本当の兄弟みたいだと思ってね」

「あ、それ、俺も思ったことあるよ」

「うん？」

「俺、本当は伯父上の子かもしれないって。女好きなところとか、ほら、顔もよく似てるしね」

そう言って、ライアンはすました顔をしてみせる。

だが、さすがにその冗談は笑えない。

ライアンの母は、彼が生まれて間もなく亡くなっているのだ。軽く流せるような内容ではないうえに『アルバートならあり得る』と思えてしまうこともあって、皆を凍りつかせるには充分な威力があった。

けれど、アルバートのほうは特に動揺した様子はない。

少しだけ困ったように笑い、彼はライアンの軽口を穏やかな口調で窘めた。

「ライアン、そんなことを言うものではないよ。私と君は血が繋がっているのだから、似ているところがあっても不思議ではないだろう？」

「でもさ」

「それに、君の母上はそういう人ではなかったよ。心からマルセルを愛していたんだ」

「え…、そう…なんだ？」

「だから、母上を貶めるようなことを言ってはだめだよ」

「……ん、そっか。わかった。伯父上、ごめん」

強く諫めるわけではなく、諭すように言われたからだろうか。

ライアンは途中で言い返すのをやめて大人しくなる。最後には驚くほど素直に頷いていた。

「父上も、ごめん。俺、酷いこと言ったよな」

「……あぁ、まったくだ。冗談でもそんなこと言うものじゃない」

マルセルにも謝罪すると、呆れたように叱られてしまう。

しかし、ライアンの顔はどことなく嬉しそうだ。もしかしたら、母が父を愛していたと言われたことが嬉しかったのかもしれない。

――何事もなく話が終わってよかった……。

サーシャは一人小さく息をつく。

あんな冗談を軽く流せるなんて、なかなかできることではない。アルバートにはがっかりさせられることが多かったが、少しだけ見直してしまった。

「……ッ」

だが、何げなく前を見た瞬間、サーシャは思わず息を止めた。

ジュリアは、テーブルに目を落としたまま微動だにしていない。

俯いて頬にかかる金髪。小刻みに震える指先。

その手に持ったスプーンが皿に当たって、カチカチと微かな音が響いていた。

「サーシャ、どうかしたの？」

「……う、ううん。なんでも……」

ユーリに声をかけられて、サーシャはハッとする。

ぎこちなく返して周囲に目を移すが、皆は特に変わった様子はない。

——誰も気づいていないの……？

エミリはパンの追加を給仕に頼み、ユーリは食後の紅茶を飲んでいる。

アルバートはマルセルとライアンのやり取りを微笑ましく見ていた。

けれど、サーシャの位置からはジュリアの目が大きく見開かれているのがわかる。

それは、呼吸を忘れてしまうほど恐ろしい顔だった。

❀　❀　❀

一見、愉しげな家族の会話。

ユーリの叔父マルセルや従兄弟のライアンも加わり、賑やかな食事の風景は周りから見ればさぞや幸せそうに映っただろう。

皆が仲良くするのは、とてもよいことだ。

サーシャの実家でも家族が集まるといつも賑やかだった。

当然ながら、時には喧嘩をすることもあり、常に笑顔だったわけではない。

そんなときは、皆で解決に向けて話し合った。

少なくとも、心にわだかまりがある状態で放置したりはしない。大きな問題なら、そのぶんだけ心を砕くのが家族として当たり前だった。

——でも、バロウズ家では少し違うみたい……。

アルバートがいくら浮気しても、誰も問題にしようとはしない。

ジュリアも我慢するだけで言葉にはしない。

周りも気づかないふりをしている。

そうやって今まで過ごしてきたから、これからも知らない顔をし続けるのだろうか。誰も異を唱えないから、上辺だけの家族を演じるのに違和感を抱かなくなってしまったのだろうか。

「……ユーリも、それでもいいと思ってる？」

窓の外には丸い月。時折梟の鳴き声が響く静かな夜。

サーシャは寝室のベッドに腰かけ、今朝の光景を思い浮かべていた。

あれから、マルセルとライアンは夕方になる前に自分たちの屋敷へ帰っていった。だから夕食は朝よりも多少静かだったけれど、気まずい雰囲気になることもなく、いつものようにたわいない会話が交わされていた。

だが、そうやって何事もなく過ごすほど、疑問を感じてしまうのだ。

気づかないふりや、知らないふりをしていたら、いつか何も感じなくなってしまうのではないだろうか。心が離れる前にできることをしたのだろうかと……。

近しい間柄だからこそ、見過ごしてはいけないことがある。

どんなに好きな相手でも、寄り添う努力をしなければ気持ちが離れてしまうときはあるのだ。

——私は、そんなの嫌……。

ずっとユーリを好きでいたい。

空気のように、彼にとってなくてはならない存在になりたい。

今までこんなことなど考えもしなかったけれど、アルバートとジュリアの存在がそう思わせるきっかけになっていた。

『ユーリとサーシャちゃんは喧嘩でもしたのかい？』

ふと、朝食のときにアルバートから言われた言葉が頭を過る。

ユーリの言っていたように、自分たちは喧嘩などしていない。

彼の優しさは何一つ変わっていないし、夜になれば一緒のベッドで眠っている。

しかし、もう二週間も自分たちには夜の営みがない。月のものがきたと嘘をついたあのときから今日までずっとだ。

一度は『もう終わった』と言おうとしたが、それを遮られたように思えて言葉を呑み込んでしまい、それ以来きっかけを掴めずにいる。ユーリのほうもサーシャの月のものはもう終わっているとわかっているだろうに、手を出そうとしなかった。

――もしかして、飽きられてしまったのかも……。

日に日に不安は募り、よからぬことも頭に浮かんだ。

アルバートを見ているとますます不安になっていく。

ユーリは彼の子だ。自分だけでは物足りないと思われていたらどうしよう。ユーリはそんな人ではないと思っても、嫌なことばかり考えてしまうのだ。

「こんなことではだめよ。私には努力が足りないんだわ……っ」

サーシャは膝に置いた手をぐっと握り締める。

考えてみれば、いつもユーリからしてもらうばかりで自分から何かをしたことがない。物足りないと思われているなら、満足してもらえるように頑張ればいい。その気になってもらいたいなら、相応の努力をすべきだったのだ。

――だから、今夜は私がユーリを誘うのよ……っ！

ただ横で眠るだけなんて、そんなのはもうおしまいだ。

今夜のサーシャはひと味違う。ユーリがその気になるように必死で知恵を絞り、これしかないと思える方法で挑むつもりだった。

――キィ…、パタン……。

そのとき、部屋の扉が閉まる音が小さく響く。

同時にベッドのほうに近づく微かな足音が聞こえてくる。

部屋に灯りはなく、頼れるものは月明かりだけだ。サーシャのいるベッドは天蓋の布で覆われているからその明かりさえ届かなかったが、近づくのが誰かなんて今さら聞くまでもなかった。

ふと、足音が止まって、天蓋の布がゆっくり横に引かれる。

ベッドに腰かけていたサーシャは、ユーリと対面するその瞬間を頭に描きながら息をひそめてじっと待っていた。

「サーシャ？　まだ起きて…――」

天蓋の布が引かれると、月明かりがベッドに届く。

ユーリはすでにサーシャが眠っていると思っていたのだろう。ベッドに座る人影に気づいて声をかけてきたが、途中でハッと息を呑んで動きが止まった。

「その…、似合ってる……？」

「ど、どういう……っ」

「今夜は、この恰好でいようと思って……」

「……ッ!?」

瞬間、ユーリは自分の口元を手で押さえてよろめいた。

途中で体勢を立て直そうと天蓋の布を摑もうとしたが上手くいかない。

身体から力が抜けてしまったように後ろによろけて、転びそうになったところで窓枠を摑んで事なきを得たが、サーシャが慌ててその身体を支えると、彼は途端に全身を激しくびくつかせた。

「どうしたのユーリ、大丈夫？」

「だ…、大丈夫さ……っ」

サーシャの問いかけに、ユーリはこくこくと頷いてみせる。

床に物があって躓いたのだろうかと下を見てみるが、特に何も見当たらない。ユーリの顔を覗き込むと、慌てて後ろに下がって今度は壁に頭をぶつけてしまった。

「ユーリ!?」

「～…ッ、大丈夫……っ。全然ッ、ホントに……っ」

「でも……」

「そ…ッ、それよりその服、僕の衣装部屋から持ってきたの？」

「え？　あ、そうなの。ひらひらして綺麗だと思って」

「……そう…なんだ。サーシャは、踊り子になりたかったんだね……」

「踊り子？」

「そう、踊り子……」

彼に言われて、サーシャは改めて着ているものに目を落とす。

大きく開いた胸元。剝きだしの二の腕とお腹。ひらひらとしたショール。

腰には紐が巻かれ、おへそから下は、葉っぱの形にカットした薄い布が幾重にも重なってスカートのようになっている。その布は太股辺りまでは多少厚くなっているが、下に行くほど薄くなっているから脚が透けて見えていた。また、驚くほど生地が軽いので、少し動くだけでスカートが大きく揺れて、布の隙間から脚が見えてしまうというなかなか大胆な衣装でもあった。

とはいえ、サーシャはこれがなんの衣装か知ったうえで着ているわけではない。

ユーリをその気にさせるため、布の面積が小さそうな服を選んだだけだった。

――これは踊り子だったのね……。

さすがに考えつかなかったと感心していると、強い視線を感じた。

ユーリはサーシャの首筋から胸元にかけて何度も視線を往復させている。触られている感覚になるような熱っぽい視線だった。

「に…、似合う……？」

「……ん、うん」

　頷きながら、ユーリの手がゆっくり動きだす。

　微かに震える大きな手。胸元に近づく指先。

　やっと触れてくれる。その気になってくれたと、サーシャは食い入るように彼の指先を見つめていた。

　ところが、

「――……ッ、しッ、仕事……ッ！」

「え？」

　彼は突然そんなことを言いだしたのだ。

　サーシャはぽかんとして首を傾げる。何を言っているのか、すぐには意味が理解できなかった。

「そ、そうだ、まだ書類が残っていたんだっ」

「でも、こんな時間……」

「すっかり忘れていたよ。確か、明日の朝一番で必要だったはず……。というわけで、僕は執務室に戻るよ」

「えッ!?」

「じゃあ、おやすみ。サーシャは先に寝ていいからね」

「ちょ…、ユーリ……っ！」

ユーリは触れようとした手を引っ込め、サーシャから離れていく。

追いかけようとしたが彼のほうが動きが速い。

彼はさっと身を翻すと、話をする隙など一切与えずに扉に向かう。気づいたときには扉が閉まる音が響き、部屋にはサーシャだけになっていた。

「……え……」

ぽつんと部屋に取り残され、サーシャは呆然と立ち尽くす。

確かめるように辺りを見回し、それでもよくわからなくて首を傾げた。

けれど、段々と状況が摑めてくると呼吸が乱れはじめる。

その気になってもらおうと思ったけれど、どうやら上手くいかなかったみたいだ。逃げるように去る彼の背中を思い出し、はらはらと涙が頰を伝った。

——やっぱり飽きられたのかもしれない……。

サーシャは手の甲で涙を拭い、トボトボと棚に向かう。

思えば、ユーリがくれた人形の中には踊り子らしき恰好をしているものはなかった。

「侍女の恰好のほうがよかったのかも……」

小さく呟き、侍女の恰好をした人形を抱き上げる。

そのままベッドに戻り、ぼんやりした頭のまま横になった。

きっと踊り子姿が気に入らなかっただけだ。そういう問題ではないとわかっていたが、恰好のせいにしておきたかった。

その夜、サーシャは泣きながら眠りに就いた。

それでも朝になったら、笑顔で「おはよう」と言おうと思っていた。

しかし、翌朝になって目が覚めてもユーリの姿はなく、彼はあれから一度も部屋に戻っていないようだった――。

第六章

——サーシャを泣かせたかもしれない……。

一人きりで夜を明かした執務室。

踊り子姿で恥じらう彼女の魅力に負けそうで、逃げるように出てきてしまった。

けれど、こんな場所では眠る気にならず、ユーリは一晩中執務机に向かってひたすら万年筆を走らせていた。窓から降り注ぐ陽の光で朝になったことに気づいたが、昼を過ぎた今も机に向かい続けている。

「……サーシャ、ごめん」

彼女を残して出てきたことを何度も後悔した。

あんな夜に、わざわざ戻らねばならないほど重要な書類などあるわけがない。

傷ついた顔を想像しただけで身体の芯が冷えて自責の念に駆られたが、それでも戻ることはできなかった。

――今は、だめなんだ……。

ユーリは目を伏せると、静かに万年筆を置く。

執務机には何十枚もの紙が散らばっていた。思いつくまま描き続けたのは、サーシャに着てほしい服のデザインだった。

「なんか違うな……」

しかし、欲望が先走って下品な服ばかりになってしまう。

こんなものをサーシャに着せるわけにはいかない。

目の前の紙をぐしゃっと丸め、執務机の横に置かれたゴミ箱にぽいっと投げる。そこはすでに丸めた紙の山になっていたから、そのまま転がって床に落ちてしまった。

ユーリはそれを横目で見てため息をつく。

結婚してからというもの、これまで以上にサーシャの服のデザインを考えるのが楽しくて堪らなかったのに、ここ数日は上手く纏まらない。そのせいで貴重な紙をたくさん無駄にしてしまった。

「……困ったな。すっきりしない」

ユーリは椅子に深く凭(もた)れ、窓の向こうに顔を向けた。

だが、眩しすぎて目を開けていられない。そういえば一睡もしていなかったと、軽く目頭を押さえる。このまま目を閉じていれば眠れそうな気はしたが、うなされる予感がしてすぐに立ち上がった。

――サーシャは、あれからちゃんと寝ただろうか……。

ユーリは自分の喉元を手で押さえながら、後ろを振り向く。

以前は執務机の後ろは壁しかなかったが、一年ほど前に扉をつけて隣の部屋と行き来できるようにしたのだ。

扉を開けると、薄暗い部屋の中、何体ものマネキンが目に入る。

部屋が暗いのは黒いカーテンを使っているからだ。日光に当たると折角の衣装がすぐに傷んでしまうので、時折換気のために窓を開ける程度だった。

細かな作業は執務室でもできるので不便に思ったことはない。

等身大のマネキンは王女に修道女、侍女から町娘までさまざまな衣装を纏い、見ているだけで想像力が掻き立てられるようだった。

「はじめの頃は、サーシャにあげた人形と似た服を作っていたんだ」

ユーリは誰に言うでもなくぽつりと呟く。

人形の服を手作りしたのは、自分にとっては練習のつもりだった。

目的はサーシャに着てもらうことだったから、エミリの服を縫って練習を重ねたときもあった。

上達すればできることも増える。

いろいろなサーシャを見たいなら、どんなものでも作れるようにならなければいけない。際限のない欲望を形にするうちにどんどん数が増えて、今では部屋を埋め尽くすほどになっていた。

「本当に、彼女はなんでもよく似合う」

修道女の恰好をしたマネキンの前で立ち止まり、ユーリは唇を綻ばせる。

サーシャが自分の作った服を実際に着て激しく乱れる様子は、想像より遥かに素敵だった。はじめは戸惑っているのに、すぐにユーリの要求どおりに流されてしまう。そんな素直で淫らな彼女が堪らなく愛しかった。

「……これ……は……」

そのとき、ユーリは思わぬものを目にして息を呑む。

侍女姿のマネキンの後ろに隠れるようにして置かれた一体が、踊り子の衣装を着ていたからだ。

「サーシャ、いつ戻しに来たんだろう。気づかなかった……」

――執務室で彼女の服を考えていた間に来たのか……？

ユーリはそのマネキンの前に立ち、そっと手を伸ばす。

昨夜サーシャが着ていたものに間違いない。

彼女はどんな気持ちでこれを戻しに来たのだろう。

想像しただけで胸が抉られるようだ。

サーシャがはじめて自分の意志で着てくれたというのに、本当に酷いことをしてしまった。折角の勇気をふいにされて傷つかないはずがない。何を求められているのかなんて当然ユーリもわかっていた。

――それでも、今は……。

ユーリは拳を握って深く息をつく。

唇を噛みしめるとその場から離れ、壁際に置かれたクローゼットの前で足を止める。

クローゼットの扉を開けると、そこには箱が一つだけぽつんと置かれていた。

五十センチ四方の革の箱。

おもむろに蓋を開け、感情のない目で箱を覗き込む。

中に入っていたのは一体の人形だ。しかし、それはサーシャにあげた人形とは違うものだった。

「……久しぶり」

ユーリは人形を手に取り、じっと見つめる。

しばしその場から動かなかったが、ややあって人形を持ったまま歩きだす。執務室に戻ると机の上に人形を置き、自分は椅子に座った。

金髪のビスクドール。

十歳のとき、母からもらった人形だった。

嬉しい気持ちよりも戸惑いのほうが大きかったのを覚えている。

自分は男だ。人形をもらっても、どうしていいかわからなかったのだ。

それなのに、母は困惑するユーリに『人形遊び』をさせようとした。幼い少女がする遊びを男の自分に望んでいた。

「人形遊びなんてつまらないよ」

ユーリは肘掛けに腕を置き、ため息混じりに頬杖をつく。

母の望みでも、興味がないものはどうしようもない。

それでも折角もらったのだからと、しばらくは部屋の隅に飾っていた。

そうすると、母は時折部屋に来ては恨めしそうに人形を見つめ、『あなたが女の子だったらよかったのに』と言うようになった。

『母上は、女の子がほしかったんだ……』

子供であろうと、自分が否定されたことくらいは理解できる。

ユーリは激しく傷ついたが、母の望むとおりにしていれば喜んでもらえると思い、その日から人形遊びをするようになった。すべては認めてもらいたい一心だった。

けれど、もともと興味のない遊びなどすぐに飽きてしまう。

その頃はエミリもまだ生まれておらず、遊び相手といえば従兄弟のライアンくらいだったが、彼が来たところで人形には見向きもしない。かといって、母が人形遊びの相手をしてくれるわけでもなく、段々とつまらないことばかり人形に話しかけるようになっていった。


『父上は、今日も知らない女の人と仲良くしていたよ』

『昨日はね、この前入ったばかりの侍女が父上の部屋から出てきたんだ』

『父上は、よく外泊するんだ。そのときも女の人と一緒なんだって』

『母上はいつも寂しそうにしてる。どうして母上だけではだめなんだろうね？　少し前、父上に聞いたときは、〝愛は一つだけではないんだよ〟って言ってた。よくわからなくて首を傾げたら、〝好意を寄せられると自分もあげたくなってしまうんだ。いけないことなんだろうけど、そういう病気だから治らないんだ〟ってさ……』


物心がついた頃から感じていた疑問。

成長するに従って抱きはじめた不満。

父と母の関係がとうに壊れていたことは気づいていた。誰にも言えなかったから人形に愚痴を言っていたのかもしれなかった。

だが、いくら考えても父の言っていることはわからない。

一つではないと言うその『愛』が自分にとって大切なものを指すなら、たくさんあっても納得はできる。両親、従兄弟のライアン、叔父のマルセル、この屋敷やここで働く人たちだって愛していると言えるだろう。数え上げたらキリがないほどあったが、それと父が母以外の女性と親密にするのが同じだというのは違う気がした。

だからユーリは母に頼んで、他にもたくさん人形を買ってもらった。

すべての人形を平等にかわいがることができたら、少しは父の気持ちがわかるのではないかと思ったからだ。

けれど、母に買ってもらった中で薄茶色の髪の人形が一番かわいく思えて、次第に話しかけるのもその人形ばかりになっていく。すぐにたくさんはいらないという結論に至って、人形遊びもほとんどしなくなってしまった。

それから数年が経ってエミリが生まれ、十三歳のときにサーシャと出会った。

ふわふわの柔らかそうな薄茶の髪。真っ白の肌に薔薇色の頬。

愛らしい茶色の瞳。果実のように瑞々（みずみず）しい唇。

彼女は、一番気に入っていた人形にどことなく似ていた。

エミリをあやすためにベッドに置いていた中にその人形があったから、なんとなくサーシャにあげたくなった。そうしたら、彼女は一番のお気に入りだと言うリボンをくれて、自分が使うことはないはずなのに、なぜだかすごく嬉しかった。

彼女は動くし笑う。僕を見て顔を赤くしてくれる。

帰るとき、離れたくないと泣きじゃくるのを見て、自分はなんて幸せなのだろうと胸が熱くなった。

理屈などではない。あれは一目惚れだった。彼女は特別な存在なのだと自分の中で当然のように受け止めていた。

もう人形はいらない。

僕はサーシャがいい。

父上のようにたくさんの愛もほしくない。

侍女や修道女、貴族の娘…、それはサーシャでなければなんの意味もない。

どんな出会い方をしても、彼女とならきっと恋に落ちるだろう。

身分なんて関係ない。相手がいたって奪ってみせる。この家を捨てて駆け落ちしたって構わない。

幸いにも、今の僕たちは結婚する運命にある。

誰からも認められている。

僕が女だったらこうはいかなかった。

母上は僕が女のほうがよかったみたいだけど、僕は今の僕でよかったと思う。

男だったから、サーシャと結婚できるんだ。

だから母上、もう諦めて。

そんなふうに僕を見ないでよ……。

「――う…、うぅ……、っぐ…、う……」

恨めしそうな母の顔。

震える指先が喉に触れ、首を絞められる。

幾度となく見た夢。母に殺される夢。

いつ眠りに落ちたのか、僕はまた自分の首を絞めているようだ。

サーシャと結婚してからは悪夢を見なくなったのに、一度だけ醜態を晒してしまった。

それからは互いの手をリボンで繋いでもらうことで収まっていたけれど、昨夜は彼女と一緒ではなかったからずっと起きていた。

「う…、うぅ…、……ぅう……」

早く起きなくてはだめだ。

こんなことでは、サーシャがまた心配する。

苦しい。息ができない。喉が潰れる。

もうやめてくれ。うんざりだ。どうして僕たちの邪魔をするんだ。

本当は四六時中彼女の傍にいたい。折角遠ざけたというのに、なぜ屋敷に戻ってきてしまったのか――。

「やめるんだ、ジュリア……ッ！」

そのとき、どこからか叫び声が聞こえた。

酷く焦った声。

この声は知っている。叔父のマルセルだ。

ユーリは瞼を震わせ、うっすら目を開ける。

すぐさま目に飛び込んできたのは、泣き濡れた母の顔だった。

「馬鹿なことをっ！　なんてことを……ッ」

マルセルは駆け寄ると、必死の形相でジュリアをユーリから引き離す。

藻掻く彼女の身体を後ろから羽交い締めにして、彼は「どうして」と悲痛な顔で叫んでいた。

首に残る母の手の感触。

なんだ、夢じゃなかったのか。

また殺されかけたのか。

「つぐ…、かはっ、ごほっ、ごほごほ……っ」

急激に空気が入って激しく咽せる中、ユーリはぼんやりとその光景を見ていた。

何度死にかけただろう。何度助けられただろう。

――こういうとき、止めに来てくれるのはいつもこの人なんだ……。

ユーリは喉をひくつかせて拳を握る。

失敗した。油断した。僕は何をやっているんだ。

戻った意識はすぐに薄れていく。今の気持ちをたとえるなら、途方もない闇の中を延々と彷徨っているようだった。

日中に起きた惨事。

屋敷中、大騒ぎだった。

ユーリは執務室でうたた寝をしていただけだったという。

そんな彼にのしかかって、ジュリアはその首を絞めていたのだ。

マルセルが屋敷に来たのは、それより少し前のことだ。

ユーリが朝から執務室に閉じこもったままだと聞いて様子を見に行くと、僅かに開いた扉からうめき声が聞こえた。マルセルがすぐに助けに入ってくれたから事なきを得たが、一歩間違えていたらどうなっていたかわからなかった。

——手の震えが止まらないわ……。

今、ユーリは寝室のベッドで眠っている。

サーシャはベッドのすぐ傍で椅子に座り、ユーリの寝顔を見続けていた。

隣にはエミリもいて、ライアンもすぐ傍の壁に凭れ掛かっている。けれど、二人の表情は暗く、サーシャも心臓がドクドクと鳴って鎮まる気配がない。

昼過ぎのこと、サーシャが部屋でぼんやりしていると、突然屋敷が騒がしくなった。

何事かと廊下に出ようとしたとき、血相を変えたマルセルとライアンがユーリを抱えて部屋にやってきたのだ。

そのときのユーリは声をかけてもほとんど反応がなく、青ざめた彼の顔を見て血の気が引いていく思いがした。急ぎ医者を呼んで診察してもらい、命に別状はないと言われて多少安心したが、夕暮れ間近になってもユーリの意識は戻っていなかった。

どうしてジュリアはこんなことをしたのだろう。

なぜユーリだったのだろう。

彼女は興奮してしばらく手がつけられなかったそうだが、今はようやく落ち着いて自室で休んでいる。一連の話はサーシャも説明を受けたものの、到底理解できるものではなかった。

「――ユーリは、君に何も言ってなかったんだな」

しんと静まり返った部屋の中、不意にライアンがため息混じりに呟く。

サーシャは身じろぎをし、眉をひそめて壁側に目を向けた。それがどういう意味か、よくわからなかった。

「何も…、というのは……？」

「伯母上がずっと別邸にいた理由についてだよ」

「胸のご病気だということは……。ユーリは『ココ』が悪いと言っていました」

そう言って、サーシャは自分の胸に手を当てる。難しいことはわからないが、そうすることで『胸の病気』だと説明してくれたのだと思っていた。

「それは、またずいぶん曖昧な説明だな。まぁ、『ココ』が悪いっていうのは、確かにそうなのかもしれないが……」

「どういうことですか？」

「……エミリ、俺から言ってもいいか？」

首を傾げると、ライアンは苦笑を浮かべてエミリに目を移す。

一体、なんの同意を求めているのだろう。サーシャもつられて顔を向けると、エミリは僅かに目を泳がせたが、ややあってぎこちなく頷いた。

「……う…ん…」

強ばったエミリの表情。

膝に置いた手は強く握られ、震えていた。

——一体、なんの病気だというの……？

胸に手を当てるのに、他にどんな意味があるというのか。

ぐるぐると考えを巡らせていると、ライアンは深く息をついて前髪を掻き上げる。彼はサーシャから目を逸らすようにユーリを見て、躊躇いがちに話しはじめた。

「俺もさ……、このことは最近まで知らなかったから、今でも信じたくない気持ちはあるんだよ……。だけど、今日はじめて伯母上の取り乱した姿を見てようやく理解した。ユーリは、もう何年も前から実の母親からあんな目に遭わされてきたんだって……」

「……あんな目……」

「何度も、首を絞められていたって……」

「——ッ」

「父上がさっき言ってたんだ。これまで何度も伯母上がユーリの首を絞めるところを目撃して、そのたびに止めに入ってたって……。頻繁にこの屋敷に来ていたのも、伯父上の浮気癖を心配していただけじゃない。ユーリは誰にも相談せずに我慢してしまうから、できるだけ様子を見に来て無事を確認するためだったって……」

そこまで話したところで、ライアンは苦虫を噛みつぶしたように顔をしかめた。

普段軽口ばかり叩いている彼がそんな顔をするなんてよほどのことだ。

——では、お義母さまが別邸に移っていた本当の理由は……。

愕然（がくぜん）としていると、ライアンは静かにベッドに近づき、ユーリの寝顔をじっと見下ろした。

「だけど、君たちの結婚式の数日前になって問題が表面化してしまった……。これまでは人気のない場所だったり皆が寝静まる時間だったりで、父上以外の目撃者はいなかったが、ある日の夕食後、ユーリが部屋に戻るところをいきなり襲ったらしい。もちろん、その場にいた使用人が助けに入ってくれたようだけど、口止めしても一部の者たちに知られてしまったことに変わりない。それで落ち着くまでしばらく別邸に移ってもらおうということになったのに、結局ここに戻ってきてしまうという……」

「そん…な…、ユーリはいつからこんな……」

「それは俺もわからない。ユーリは、そんな素振りは一度も見せたことがなかった。聞いても『覚えてない』って笑って誤魔化すだけ……。俺も暗い話題は好きじゃないし、実際に目撃したことがなかったから深く突っ込まなかったのもあるけど……」

ライアンは掠れた声で答え、ユーリの傍を離れていく。

悔しげに唇を噛みしめ、それを隠すように右手で顔を覆う。

彼自身、本当はかなり動揺しているのだろう。実際、ジュリアが取り乱す姿ははじめて見たと言っていた。ならば、ぐったりしたユーリを見たときの衝撃は大変なものだったに違いない。

――ユーリがそんな目に遭っていただなんて……。

一度だけ、彼が激しくうなされた夜があった。

右手で自分の首を絞め、左手で喉を掻きむしって藻掻いていた。

ユーリが悪夢を見ていたのはサーシャも知っている。けれど、あのとき彼は夢の内容をはっきりとは覚えていないと言っていたから、それ以上は深く突っ込んで聞かなかったのだ。

覚えていないなんて嘘だ。

彼は悪夢の正体を知っていた。

サーシャは息を震わせ、ユーリをじっと見つめた。

これまで、彼がずっと一人で堪えてきたのはなぜだろう。

大事(おおごと)にしたくなかった？　母親を庇おうとした？　すべてユーリにしかわからないことだが、静かな寝息を立てる彼を見ているだけで胸が張り裂けそうだった。

「……やっぱり、ユーリが伯父上に似てるからかな」

ややあって、ライアンがぽつりと呟く。

それはどういう意味で言っているのか。目を見開くサーシャに気づいて、ライアンは慌てて言葉を加えた。

「見た目の話だよ」

「……あ、見た目……」

「もともと、バロウズ家の血筋は似た顔が多いんだ。伯父上と俺の父親も似てるし、なんだったら俺とも似てる。でも、やっぱりユーリが一番だよ。若いときの伯父上とうり二つだって親戚の誰かが前に言ってたし……」

「そう…ですか」

見た目の話なら、確かにそのとおりかもしれない。

サラサラの金髪、太陽のような琥珀色の瞳。

優しげで端整な顔立ち、甘い声。挙げたらキリがない。

だが、ユーリはアルバートとは違う。

誰彼構わず関係を持ってしまう浮気性の夫。

自室に他の女を連れ込むのが日常茶飯事なら、それは妻にしてみれば堪えがたい屈辱だったはずだ。

しかし、だからといって、憎しみが息子のユーリに向かうのはおかしいだろう。

親にとって子供を自分の思うままにするのは、きっと想像以上に簡単だ。

怒りをぶつける対象としてユーリは打って付けの存在だったのかもしれない。けれど、どんな事情があれど許される行為ではない。今になって『療養中』という意味が理解できたものの、考えれば考えるほど憤りが募るばかりだった。

――エミリちゃん、まだ震えてるわ……。

ふと隣を見て、サーシャは思わず眉を寄せる。

エミリは目に涙を浮かべ、まっすぐユーリを見ていた。

肩が震え、蒼白な顔を見れば怯えているのがわかる。

彼女はどこまで知っていたのだろう。ずっと小さな胸を痛めていたのだろうか。

あまりにいじらしくて、サーシャはエミリの頬に手を伸ばす。すると、一瞬だけ肩をびくつかせたが、エミリはサーシャを見て溢れた涙をぽろっと零し、縋るように抱きついてきた。

「サーシャちゃん……っ」

「……エミリちゃん……、大丈夫、大丈夫だからね」

何が大丈夫なのか、自分でもわからなかった。

だけど、少しでもエミリを安心させてあげたい。大丈夫だと言わなければ、サーシャ自身もさまざまな感情に振り回されてしまいそうだった。

「あ…、あのね、サーシャちゃん、私…――」

そのとき、エミリが泣き濡れた顔でサーシャを見上げる。

彼女は何かを訴えようとしているようだった。

――コン、コン。

ところが、そこで扉をノックする音が響く。

皆の意識は逸れ、エミリも言いかけた言葉を呑み込んでしまう。振り向くと、ゆっくり扉が開き、姿を見せたのはジュリアだった。

「……ッ!?」

一瞬のうちに部屋に緊張が走る。

その場にいた全員が身構えたのは言うまでもない。

けれど、ジュリアの後ろに人がいるのが見え、それがマルセルだとわかって僅かに緊張が緩む。

よくよく見れば、ジュリアも多少落ち着いている様子だ。

それでも不安は拭えない。彼女は一体何をしに来たのか。部屋にいた皆が思っていたことだった。

「彼女は、ユーリに謝罪をしに来たんだ」

「……え?」

「少しだけ、中に入ってもいいだろうか。ユーリには近づかない。彼女ともそう約束してきた」

マルセルの言葉に、サーシャは目を瞬かせた。

ライアンやエミリと顔を見合わせ、ごくりと唾を飲み込む。

思わぬ話で驚いたが、そう言われては追い返すことなどできない。

迷った末にサーシャは立ち上がり、自ら扉のほうに向かう。謝罪しに来たとはいえ、ジュリアを部屋に入れるのは躊躇いがあった。

「私が代わりに伺います」

彼女はユーリの母だ。

本当はこんな失礼なやり取りはしたくなかったが、今は気持ちの整理がつかない。ほんの少しでもユーリに近づいてほしくなかった。

「……サーシャちゃん、ずっとあの子についていてくれたのね。どうもありがとう。本当にごめんなさい……。皆も…、ユーリも……ごめんなさい……、ごめんなさい……、ごめんなさい……」

「お義母さま……」

罪悪感に満ちた表情。

痛々しいまでに何度も頭を下げるジュリアの姿。

胸に手を当て、はらはらと涙が頬を伝っていた。

これが演技だとはとても思えない。自分がしたことに対して、彼女自身も苦しんでいたのだろうか。本心からの謝罪だとしたら、これほど哀しいことはなかった。

――こんなときでも、お義父さまは姿を見せないんだわ……。

屋敷中大騒ぎだったというのに、考えてみればアルバートを一度も見ていない。

少なくとも、昼食のときまではいたのだ。

外出しているのでないなら何をしているのだろう。まさかまた浮気しているのだろうか。

想像しただけで腹立たしくなる。

「ごめんなさい…、本当にごめんなさい、ごめんなさい……」

「あ…、あの、お義母さま、もうそれくらいに」

「いいえ、これくらいでは足りないわ。私は大変な罪を……。ごめんなさい、ごめんなさい、ごめんなさ…――」

「お義母さま…っ!?」

「ジュリアッ！」

こちらが戸惑うほどジュリアは延々と謝罪を繰り返していた。

だが、あまりに何度も頭を上下させていたから、立ちくらみを起こしたようだ。

足下がぐらついたと思った直後、ジュリアはその場に倒れ込みそうになってしまい、傍にいたサーシャとマルセルが慌てて彼女を支えた。

「お義母さま、大丈夫ですか!?」

「……あ…、私……」

「もうやめてください。充分伝わりましたから」

「サーシャ…ちゃん……」

ジュリアの顔は真っ青だ。

これ以上はとても黙って見ていられなかった。

諭すように間近で訴えると、ジュリアの目はさらに潤んでいく。サーシャを見つめ、唇を震わせながら幾筋もの涙を流した。

「……月日はあっという間に過ぎてしまう。元に戻すにはどうすれば……」

「え…？」

消え入りそうなか細い呟き。

だが、その意味はわからない。

首を傾げると、ジュリアはサーシャの頬に手を伸ばす。

そっと頬に触れられ、やんわりと撫でられた。

彼女にそんなことをされるのははじめてで驚いたが、別に嫌なわけではない。多少の戸惑いを感じつつも大人しく受け入れていると、ジュリアの手は少しずつ首のほうへと向かった。

――何を……？

一層間近に迫る顔。

止めどなく溢れる涙をそのままに、ジュリアはサーシャの喉にそっと触れた。

そのまま首筋をなぞられ、思わず肩をびくつかせる。

なぜそんなふうに触るのだろう。なぜ首ばかり見ているのだろう。

微かな異変を感じたその瞬間、

「あっ!?」

誰かが彼女の手を摑み、強引にサーシャから引き離した。

ジュリアは突然のことに小さな声を上げてよろめく。少々乱暴に手を放されて転びそうになったが、傍にいたマルセルがしっかり支えていたお陰でなんとか倒れずにすんだようだった。

「彼女に触らないでください」

冷淡な低い声。

怒りを宿した琥珀色の瞳。

いつ目が覚めたのだろう。近づいていたことさえ気づかなかった。

そこにいたのは、ベッドで寝ていたはずのユーリだった。

「ユーリ……ッ」

「サーシャ、君はこっちにおいで」

「……あっ」

驚くサーシャだったが、彼のほうは表情一つ変えない。

サーシャを抱き寄せると、ユーリは冷たい眼差しでジュリアを見下ろした。

「出ていってください」

「……ユーリ……」

「叔父上、母上を部屋につれて行ってください。謝罪はしたのですから、もうここに用はないでしょう」

静かな声に強い憤りが滲んでいる。

マルセルに対してもなんの遠慮も感じられない。

――ユーリ、怒ってるの……？

こんな彼ははじめてだ。

有無を言わせぬ口調にサーシャは驚きを隠せない。

それは他の人たちも同じだったらしく、しばし場が緊張に包まれていた。

だが、その張り詰めた空気の中で一番に声を上げたのはライアンだった。

「そろそろ俺たちも出よう。な、エミリ？」

「え？　そ、そうね」

「いい子だ。ご褒美に勉強を見てやる」

「何それ、いらないわ」

「いいからいいから。――父上たちも行こう。途中まで付いていくよ」

「……あぁわかった」

ライアンは不自然なほど笑顔を振りまいていた。

嫌がるエミリの手を取って部屋から出ると、ついでといった様子でマルセルにも声をかけている。

だが、それが彼なりの気遣いなのかもしれない。

マルセルのほうもすぐにライアンの意図を理解して、ジュリアを支えながらその場から立ち去っていく。ライアンは一度だけユーリを振り返ったが、特に何を言うでもなく彼もエミリを連れて部屋をあとにした。

二人きりになった途端、部屋は急に静かになる。

おそるおそるユーリを見上げると、彼もすぐにサーシャに目を向け、じっと見つめられた。

「サーシャ、母上に近づいてはいけないよ」

「え……」

「いいね？」

「……え、ええ。わかったわ」

先ほどより、声のトーンは少し和らいでいた。

それでも、依然として表情は硬い。彼がこれまでされたことを考えれば必要以上に警戒するのも仕方はないのだろう。ぎこちなく頷くと、ユーリは息をついて強ばった表情を僅かに緩め、サーシャを強く抱き締めてきた。

「あ…、あの、ユーリ……。まだ寝ていたほうがいいわ。お医者さまもね、今日は安静にしているようにって」

「……もう大丈夫だよ」

「そんなわけないわ。首を……、その…、意識を失うほど大変な目に遭ったばかりなんだもの」

「サーシャは心配性だね」

「だって…ッ」

いくら本人が大丈夫だと言っても状況が状況だ。

ゆっくり眠っていてほしいと思うのに、ユーリはまるで意に介さない。

「なら、一緒においで。安心させてあげる」

「え、あ…っ!?」

いきなり抱き上げられ、驚いて声を上げると、彼はくすりと笑ってそのままベッドに向かった。

「ユー…リ……？」

「ふふ…、かわいい……」

濡れた瞳。甘い声。異様に熱い息。

彼はサーシャを抱えたままベッドに腰かけ、天蓋の布を少し引く。膝にのせた状態で後ろから抱きすくめると、いきなり耳たぶを甘噛みしてきた。

「んッ」

「サーシャの身体、柔らかい……」

「……あ、ユーリ……、や…、だめ……」

「だめ？　どうして？」

「それ…は……」

服越しでも伝わるほどユーリの身体は熱い。

腹部を弄る大きな手のひら。耳にかかる湿った吐息。

彼が興奮しているのは疑いようもなかった。

今になってどうしてその気になったのだろう。サーシャが昨夜、勇気を振り絞って誘いをかけたときは逃げるように部屋を出ていってしまったというのに……。

そんなことを思いながらも、少し触れられただけで息が上がってしまう。自分のほうがよほど信じられなかった。

「ユーリ、ずるいわ……っ」

「ずるい？」

「んっ、あ…、だって隠し事ばかり……ッ。お義母さまのことだって、私たち夫婦なのに何も知らなくて……」

「……そうだね。僕は酷い男だ」

「あ…、酷い…とまでは言わないけど……。っは…、ん……、耳…、ぃや……」

「耳が感じるの？」

「ちが…、あっン」

聞きたいこと、知りたいことは山ほどあった。

本当は愚痴も言いたい。踊り子の衣装をこっそり返しに行ったときの虚しさが彼にわかるだろうか。思い出しただけで泣きそうになり、サーシャはいやいやをするように首を横に振ったが、ユーリは腕の力を緩めようとしない。

舌先で耳の縁をなぞられ、びくびくと背筋を震わせると、腹部を弄っていた手が徐々に上に向かっていく。胸の膨らみを指先で確かめながら、彼は乳首がある場所を的確に探り当て、服の上から突起をくすぐった。

「あぅ…、やっ、ユーリ……」

「サーシャ、僕の手の感触、まだ覚えてる？」

「し、知らない……ッ」

「じゃあ、思い出してもらわないとね」

「っんッ、あぅ…、だ…め……」

「……だめなの？　もう僕のこと、嫌い？」

「え、そっ、そんなわけ……ッ、えっと…、その、まだ夜じゃないし……、私、今は普通の服だし……、誰かが来るかもしれないから……」

そんな哀しそうに言われては強く言えなくなってしまう。

嫌いなわけがない。好きに決まっている。

ただ、いきなりすぎて心の準備ができていないのだ。

天蓋の布だって少し引いただけではあまりに心許ない。

すぐそこには窓があるが、夕暮れ前でまだカーテンが閉まってもいない。

ここは二階なので覗けるような場所がないというのはわかっている。

だが、ユーリの膝にのった状態であちこち触られているのが外からは丸見えだと想像しただけで恥ずかしかった。

「なら…、今は触るだけにしようか」

「あ…ぅ、そんな……」

「人の気配がしたらすぐにやめるよ。だから、もっと触らせて。サーシャの声をたくさん聞きたいんだ……」

「んぅ、は、あぁ…ん」

ユーリはどうしてもやめたくないようだ。

吐息混じりに囁きながら、サーシャのスカートを少しずつ捲っていく。ふくらはぎ、膝、太股とみるみる肌が晒され、熱い手のひらで撫で擦られた。

声を我慢できない。抵抗する力も出ない。触れられた場所が熱い。

サーシャが拒絶しないとわかると、彼は脚の間に手を差し込んでグッと左右に開き、自身の両脚で間を塞いでしまう。閉じられなくなった脚はユーリの脚の外側で揺れ、あまりの恥ずかしさに藻掻こうとした途端、下着の上から中心を指でなぞられた。

「あぁぅ…ッ!?」

サーシャは肩を揺らして激しく喘ぐ。

腰を引こうとしても、後ろから抱きかかえられて逃げ場もない。

彼の指は襞に沿って上下に動いていた。

蕾のところではくるくると円を描いてさらなる刺激を与えられ、それだけで下腹部が疼いてしまう。中心からじわりと熱いものが溢れるのを感じ、サーシャは真っ赤になって首を横に振った。

「っは、あっあっ、やぁ…ぁ……ッ」

「かわいい声。もっと聞かせて」

「や…ンッ、あっ、あッ、こんな…の、恥ずかしいわ……っ」

「大丈夫だよ。ここには僕しかいない。誰にも見せないよ。この声も敏感な身体も、僕だけが知っていればいいんだ」

「ひぁ…あ…っ!?」

乳首を軽くつねられ、秘部の入り口を突かれる。

布越しだというのに異常なまでに反応してしまう。

ユーリと最後に肌を合わせてから二週間以上何もしていないのだ。それまで毎日のように何度も抱かれて快感を知ってしまった身体は、自分が思っていた以上にユーリを求めていたのかもしれなかった。

「サーシャ、サーシャ…、君の声を聞きたいんだ」

「あぁ…は、ユー…リ……ッ」

耳元で響く切なげな声。

サーシャはぶるっと身を震わせ、ユーリの右腕を掴む。

――やっぱり、いつものユーリと少し違う……。

頭の隅で思ったが、それは当然のことだった。

驚くほど冷たい声で『出ていってください』と言った彼は、すべてを拒絶しているようだった。

これまで、どれほど苦しんできたのだろう。どれだけ傷つけられてきたのだろう。

その彼がこんなにも自分を求めている。それがどれほど大きな意味を持つのか、想像しただけで胸が痛くなった。

「あ、ぁあッ、ひんっ、あっ、あぁっ」

ドロワーズの紐を解かれ、緩んだ布の隙間から手を差し込まれる。

ユーリはすぐさま秘所を弄りはじめ、親指の腹で敏感な芽をこね回しながら他の指で襞をなぞっていく。入り口に指を突き立てると、くちゅ…と淫らな音が響き、すでに中心が濡れていることに気づかされた。

サーシャは顔から火が出そうになっていたが、彼の動きは止まらない。

何度か浅い場所で出し入れしたあと、蜜が溢れる中に指を一本突き入れ、内壁を擦りはじめたのだった。

「あっあぁっ、あぁあ……ッ！」

ぐちゅぐちゅと激しい水音が部屋に響く。

その音は彼が指を動かすたびにどんどん大きくなる。

恥ずかしいのに止まらない。身体が熱くてどうにもならない。

耳たぶを唇で挟まれ、湿った息がうなじにかかってゾクゾクと背筋が粟立つ。背中に感じるユーリの身体も燃えるようで、どちらの熱なのかわからないほどだ。

「ふ…、っく…んぅ、んっん、…んっ、んっん、っは」

せめて声だけは抑えなければ……。

サーシャは自分の手で口を押さえ、必死で我慢する。ユーリは声を聞きたいと言うが、部屋の外まで響くほど喘ぐわけにはいかなかった。

「サーシャ、すごく感じてるんだね。僕の指、食べられてしまいそうだよ。ココ…、擦るともっと奥まで来てほしいって誘うんだ」

「んんんっ、んっあ、んんっ」

「ね、奥に届いてる？　指じゃ、足りないかな」

「っは、ひぅ…ん、んっ、んぅッ」

「もっと…、もっと僕をほしがって。僕が必要だと言って」

「あぁぅ、ふぁあ、はっぁ…、んっ、んっ、っぁあ」

はじめは一本だった指が、今は何本なのかわからない。

中がいっぱいで苦しいのに感じてしまう。淫らな指と声に刺激されて、怖いほどの快感に支配されていた。

逆らえない。逆らえるわけがない。

ビクビクと痙攣する下腹部。ドロワーズの中で彼が手を動かすたびに大量の蜜が溢れ出すのがわかる。

奥のほうまで指を入れられ、感じる場所を執拗に擦られて目の前が白んでいく。

絶頂の予感に身悶え、サーシャはがくがくと全身を震わせた。

「ユ…リ……ッ、ユーリ、ユーリ……っ」

「もう限界なんだね。大丈夫、ずっと見ていてあげる。最後まで抱き締めていてあげるよ……」

「ユーリ、ユーリ…ッ！　あ、あ、あぁッ、ひあぁ……っ、あぁ、ああ…ッ、ああっ、あああぁ――…っ！」

激しい指の動き。

熱い吐息、微かに震えたユーリの声。

サーシャは彼の指を強く締め付けながら絶頂に喘ぐ。

声が出ないように塞いでいた手は外れてしまってなんの意味もない。狂おしいほどの絶頂の波に攫われ、何もわからなくなっていた。

「ああ、ああ…ぅ…、ひ…、あ……、ああ…ぁ……」

全身をわななかせ、サーシャは深い快感に涙を零す。

断続的に蠢く内壁を、彼の指はしばらく刺激し続けていた。

けれど、力の入っていた身体が僅かに落ち着いたのがわかると、彼は動きを止めて左腕で強く抱き締める。その腕の逞しさに胸が高鳴るのを感じながら、サーシャはぐったりと彼に身を預けた。

「好きだよ…、サーシャ……」

「……ユーリ……」

耳元で響く声が微かに震えている。

ふと、窓の外を見ると、いつの間にか太陽が沈みかけていた。

西日の眩しさにサーシャは目を背ける。

なんて恥ずかしい恰好だろう。裸でないのがせめてもの救いだ。

だが、彼の望むようにしたかった。久しぶりに触れられて嬉しかった。

こめかみに唇を押し当てられ、サーシャはほぅ…と息をつく。頬に耳たぶに口づけられ、あまりの気持ちよさに目を閉じた。

やがて、ウトウトしてきて意識が遠のいていく。

ユーリはずっと抱き締めていてくれた。強い力に目眩がするほどだった。

「……僕にだって、守りたいものがあるんだ」

遠ざかる意識の向こうで低い呟きが聞こえたけれど、そのときのサーシャにはそれがどんな意味を持つのかよくわからなかった――。

第七章

結婚する前は、バロウズ家の人たちと家族になるのが待ち遠しかった。

けれど、いざ中に入ってみると、憧れの家族はとうに壊れてしまっていた。

食事の時間に皆が集まれば冗談混じりの会話もあって、一見、良好な関係を築いてはいるが、それは表面的なものでしかない。

アルバートとジュリアの夫婦関係は修復が不可能に思えるほど破綻し、ユーリは最悪な形で巻き添えになっていた。

――それなのに、どうして誰も手を打とうとしないの……?

そう思うのは、サーシャがバロウズ家に入ってまだ日が浅いからだろうか。

しかし、このままでいいとはとても思えない。見て見ぬ振りをしていれば、また同じことが起こってしまう。

ならば自分には何ができるだろう。

これ以上、ユーリに傷ついていてほしくない。

大好きな人には心から笑っていてほしかった。

「――ユーリ、寝てしまったの？」

窓の外は半月。時折響く虫の鳴き声。

日中の騒ぎが嘘のように穏やかな夜だった。

夕食後、サーシャとユーリは部屋に戻ってしばらくはたわいない話をしていたが、いつの間にか、彼はソファでこっくりこっくりと船を漕いでいた。

「そんなところで寝ては風邪を引いてしまうわ」

「……、……ん……」

話しかけても反応は鈍く、反射的に返事をしているだけのようだ。

やはり相当消耗しているのだろう。意識を失うまでジュリアに首を絞められてからまだ半日も経っていないのだ。

それでも、夕食は家族全員が揃っていた。

アルバートにジュリア、ユーリとエミリとサーシャ。それから、心配して泊まることになったマルセルとライアンも一緒だったが、皆、何事もなかったかのように笑顔で会話していた。

「ユーリ…、毛布を掛けておくからね」

「……ん」

サーシャはベッドから毛布を持ってきてユーリにそっと掛ける。

夜も更け、そろそろ皆が寝静まる頃だ。

本当なら無理にでも起こしてベッドへ連れていくべきなのだろう。そこで自分も一緒に眠ればいいのかもしれないが、このままでは眠れそうになかった。

いつまたジュリアがユーリに手をかけるかわからない状態で怯えて過ごすなんて、あまりにも異常だ。だから、たとえ小さなことだとしても、サーシャは行動を起こそうと思っていた。

――すぐ戻るわ。危ないことをするわけじゃないから……。

サーシャはユーリの傍を離れ、息をひそめて部屋を出ていく。

灯りになるものは持っていないから、頼りになるのは廊下に点在する窓からの月明かりくらいだ。

本当は隠れてこんなことはしたくなかったが、日中では人に見られる恐れがある。

ユーリに話すと心配させてしまうだろうし、かといって何もしないままでは状況は変わらない。一人で行動するなら下手な誤解をされないように、今くらいの時間に動いて人目につくのを避けるしかなかったのだ。

長い廊下をひたひたと歩き、やがて一階に下りる。

目的の部屋まで来ると、サーシャは周囲に人がいないことを確かめて扉を叩いた。

──コン、コン…。

夕食のときまで『彼』はいたから、外出していなければ部屋にいるはずだ。

ただ、『浮気現場』に居合わせてしまう可能性を考えると、どうしても緊張で手の震えが止まらなかった。

「……はい」

「お、お義父さま…、私です、サーシャです……」

「サーシャちゃん？　こんな時間にどうしたんだい？」

ややあって扉が静かに開き、アルバートが姿を見せる。

彼は部屋を訪ねて来たのがサーシャだと気づき、少し驚いた顔をしていた。

見たところ、服の乱れはなく中に人がいる様子もない。素早くそれだけ確認すると、サーシャは密かに胸を撫で下ろしながらアルバートを見上げた。

「あの…、夜分遅くにすみません。少しお話をしたいのですが、お時間をいただけませんか？」

「それは、今からということだよね」

「そう…です」

「そう。構わないよ。何かな？」

いきなり来たにもかかわらず、アルバートはまったく動じていない。

普段と変わらず穏やかに微笑む様子はさすがと言うしかなかった。

とはいえ、ここで誤解されては元も子もない。サーシャは念のために先に断っておくことにした。

「お義父さまを誘惑しに来たわけではないです」

「……ふふっ、そうなんだね」

何か変なことを言っただろうか。

きっぱり言うと、アルバートはおかしそうに笑って肩を揺らしていた。

「だけど、こんなところを誰かに見られたら誤解されてしまうかもしれないよ」

「え…、で、でもさっきは誰も……っ」

言われて、サーシャは慌てて廊下を見回す。

一応確かめたものの、絶対とは言い切れない。暗い廊下に目を凝らしていると、アルバートはくすくす笑って問いかけてきた。

「どこで話をしようか？　私はどこでもいいよ」

優しい口調に、ユーリとよく似た笑い方。

——だからといって油断してはいけないわ。

サーシャはもう一度廊下を見回し、考えを巡らせる。

アルバートの部屋は論外だし、他の部屋だって同じだ。それなら、答えは一つしかなかった。

「外ではだめですか？」

「……いいよ。あ、少し待ってくれるかい？」

サーシャの言葉に、アルバートは静かに頷く。

そのまま一旦部屋に戻り、彼はすぐに上着を持って出てきた。

日中はずいぶん暖かくなってきたが夜は冷える。一着はサーシャのために、もう一着は自分用だった。

「外は寒いからね」

「あ、ありがとうございます」

どこで話すかまでは考えていなかったから、その心遣いは正直とてもありがたく、サーシャは素直に上着を受け取った。

——こういうさり気ない優しさに皆惹かれるのかしら……。

思わず感心してしまったが、ここまで来て気を緩めるつもりはない。

浮気性のアルバート。療養が必要なほど心が病んでしまったジュリア。

ジュリアの殺意は夫には向かず、息子であるユーリが標的にされていた。

そのことを知りながらも、誰一人として解決しようとしない。だからサーシャは、すべての元凶と思われるアルバートと話しに来たのだ。

——私が出しゃばったところで、何もできないかもしれないけど……。

それでも、じっとしていられなかった。

今後、何か手を打つ気でいるのか、せめてそれだけでも聞いておきたかった。

ユーリに何かあってからでは遅すぎる。何もするつもりがないのなら、そのときはユーリを説得してこの家を出ようとさえ思っていた——。

❀　❀　❀

「——今夜は冷えるね。上着を持ってきてよかったよ」

「ええ、本当ですね」

夜のほうが屋敷の中と外の気温の差が大きい。

裏庭に足を踏み入れると、サーシャもアルバートもそよぐ風の冷たさに身を震わせた。

アルバートから借りた上着があるからまだいいが、何もなしに外に出られる気温ではなかった。

「この辺りは、ほとんど誰も通らないんだよ」

「……そうみたいですね」

ぼんやりした月明かりの下、辺りを見回しても人の姿はない。巡回の兵士もいないようだった。

「それで話って何かな？」

アルバートは庭木の傍で立ち止まり、月を見上げて目を細める。

風に揺れる金髪が頬にかかる様子を目で追いながら、サーシャは感情的にならないよう深く息をついて話を切り出した。

「今日、お義父さまはずっと屋敷にいたと聞きました。それなら、日中の騒ぎにも気づいたはずです。なのに、お義父さまは夕食のときまで一度も姿を見せませんでした。ユーリの様子を見に来ることさえしなかったのはなぜですか？　お義父さまにとって、ユーリはなんなのでしょう。どうでもいい存在なのでしょうか……？」

屋敷にいたのなら、何も知らないわけがない。

ユーリはこの家の跡継ぎだ。その息子を妻が殺そうとしたのだ。

それなのに、こうも無関心でいられるのはなぜなのか。あの騒ぎを耳にして、駆けつけない理由とはなんなのか。

サーシャにはアルバートのことがまったく理解できなかった。

「……どうでもいいなんて思っていないよ。ただ、私が動くと、ジュリアをさらに刺激してしまう気がしてね」

「だから見て見ぬ振りをしていたと仰るのですか？　それは、お義母さまがこれまでユーリにしてきたことを知ったうえでのお考えなのですか？」

「もちろん…、知らないとは言わない。それでも、何もしないほうがいい場合もあるんじゃないかな。マルセルがいつも様子を見に来てくれているしね。とても心強く思っているよ」

「……っ」

まるで他人事のような言い方だ。

いくら夫婦関係が破綻しているといっても子供は関係ない。

一応自分が悪いという自覚はあるようだが、だからといって何もしない理由にはならないだろう。どうしてここにマルセルが出てくるのか、アルバートの考えには耳を疑うばかりだった。

「自分でも無責任だと思うよ。けれど、ここまでこじれてしまうとね……」

アルバートは眉を下げてため息をつく。

なんて人だろう。サーシャは二の句が継げなかった。

夫婦間のことだから、すべてアルバートが悪いとは言わない。

自分などにはわからない問題もあるはずだ。

とはいえ、彼の女癖の悪さがこじれた原因の一つだというのは想像がつく。傍から見ても、アルバートの行動は決して褒められたものではなかった。

「サーシャちゃんにも、ずいぶん失望させてしまったね」

サーシャの憤りに気づいたのだろう。アルバートは困ったように笑ってぐしゃっと髪を掻き上げる。

何も答えずにいると、彼は僅かに目を伏せ、躊躇いがちに続けた。

「……これでも…、結婚当初はジュリアだけを愛そうと思っていたんだよ。うまくいかなかったけどね」

「どうして、うまくいかなかったのですか？」

「どうしてだろうね。私は、好意に弱いのかもしれない。こう見えて、自分から手を出そうとしたことはないのだけど」

「……えっ」

「本当だよ。『好き』と言われるとすぐに絆（ほだ）されてしまうんだ。泣かれると手を差し伸べたくなってしまう。いけないことなんだろうが、私にはとても難しかった。……きっと結婚に向いていないのだろうね。貴族の…、しかも長男として生まれてしまったことが間違いだったんだよ。何を話しても、言い訳にしか聞こえないだろうが……」

アルバートは自嘲気味に笑い、サーシャに目を戻す。

その困りきった顔に思わず声を呑む。ジュリアとの結婚を望んでいたわけではないという気持ちが表情に滲んでいたからだった。

——そうだわ…。誰もが好きな相手と結婚できるわけじゃない……。

貴族として生まれた以上、基本的に結婚の自由はない。

まして長男なら家を継がねばならない。貴族の結婚は家と家との契約だ。

今の話からするに、アルバートがジュリアと結婚したのは家のためだったのだろう。結婚に向いていようがいまいが、避けられる道ではなかったということだ。

望まぬ結婚。形だけの家族。

サーシャは出会った日にはユーリを好きになってしまったけれど、誰もがそうなるわけではない。家族という枠に無理やり嵌まっているようにしか見えなかったことが、そんな根本的なところに原因があるなら自分にはもう何も言えなかった。

——だからといって、ユーリが犠牲になっていいわけがない……。

それでも、アルバートには今後も期待できそうにない。

何も手を打つ気のない相手に、これ以上求めたところで意味はないと思い知らされただけだった。

ならば、自分はどうしたらいいだろう。

やはりユーリを説得してこの家から離れるべきだろうか。

だがエミリはどうする？　一人残していくのか？　そうなったとき、ジュリアの憎悪が今度は彼女に向かないとは限らない。何が正解なのだろう。自分だけで決められるような簡単な話ではなかった。

――ガサ……。

「……ッ」

と、そのとき後方から草を踏みしめる音がした。

驚いて振り向くと、少し離れた場所に人影があった。

その人影はこちらにゆっくり近づいている。息をひそめて目を凝らすと、月明かりが徐々に輪郭を照らしだした。

風に揺れるドレス。

長い髪。華奢（きゃしゃ）な身体。

サーシャはごくっと唾を飲み込んだ。

声を聞かずとも、それが誰だかすぐにわかった。

「……ジュリア、どうしてここに」

「どうしてじゃないわ。アルバート、あなたはユーリの結婚相手にまで手を出そうというの？」

　呆れた様子のため息。

　サーシャの傍で立ち止まり、ジュリアはじろりとアルバートを睨んだ。

　ぼんやりとした月明かりの下、ジュリアとアルバートが対峙する。

　ユーリと結婚してから、二人が話すところをはじめて見た瞬間だった。

「どこまでも節操（せっそう）がないのね。本当に困った人。――サーシャちゃん、あなたもよ。結婚して間もないのに、なんてふしだらなことをしているの？」

「あ…っ、ち、違うんです！　私はお義父さまとは何も……っ。決してそういうつもりでは……ッ！」

「そうなんだ、彼女を責めないでやってくれ。サーシャちゃんと話したいことがあって、私が呼び出したんだよ。誤解されないように人気のない場所を選んだんだが、かえって申し訳ないことをしてしまった」

「……え、お義父さま……」

　この状況を見れば勘違いするのも無理はない。

　だが、誤解を受けたままでいるわけにはいかないと思って慌てて反論すると、アルバートが助け船を出してくれた。

　しかも、サーシャの立場が悪くならないように嘘までついてくれている。

目を丸くしてアルバートを見ると、彼は情けない顔で笑っていた。

「そうなの…、あなたのほうから……。おかしなことになる前でよかったわ」

ジュリアはその嘘を信じたのか、アルバートを一瞥してまたため息をつく。

申し訳ないのはこちらのほうだ。呼び出したのは自分なのに、まさか庇われるとは思わなかった。

――どうしよう……。お義父さまが誘ったと思われているわ……。

本当のことを言うべきか、それとも黙っているべきか。

考えあぐねていると、ジュリアが不意にサーシャの手を取った。

「戻りましょう、サーシャちゃん」

「えっ？　あっ、あの…ッ、お義母さま、私一人で戻れます……っ」

「何を言っているの。あなたをここに残していけるわけがないでしょう。ひとまず、このことは黙っていてあげるから一緒に戻りましょう」

「……は、はい」

ぴしゃりと窘められ、サーシャはそれ以上何も言えなくなる。

ユーリからはジュリアに近づいてはいけないと言われていたが、下手に抵抗すると余計な誤解を招きかねない。この状況では黙って従うしかなさそうだと思い、ジュリアと屋敷に戻ることにした。

——でも、なんだか変だわ。方向が違うみたい……。

だが、程なくしてサーシャは異変に気づく。

裏庭から屋敷に戻るだけなのに、なぜかジュリアは真逆の方角に向かっている。

そちらにあるのは正門だ。こんな時間に外に出てどうしようというのか。

「おっ、お義母さま、そちらに屋敷はありません」

「え…、そんなはずはないわ。こっちでいいのよ」

「ですが、これでは外に出てしまいます」

「……そう？　変ね……」

ジュリアは納得がいかないといった様子で首を傾げていた。

けれど、彼女はサーシャの話に耳を貸すことなく、そのまま正門に向かおうとする。

やはり様子がおかしい。そう思っても、意外にジュリアの力が強くて振り払うことができない。

そのとき——、

「いたっ！」

サーシャは痛みを感じて声を上げた。

自由だった左手をいきなり掴まれたのだ。

後ろに引っ張られる形になり、サーシャがよろめくとジュリアは足を止める。咄嗟に振り向くと、そこにはアルバートがいた。

「お義父…さま……?」

「……アルバート、なんの用かしら」

「あ…、その…、屋敷とは方角が違っていたものでね」

アルバートも異変を感じて追いかけて来たのだろうか。走って来たのか、彼は肩で息をしていた。

遠慮がちな返答に、ジュリアはむっとした顔で眉根を寄せている。

彼女は唇を引き結んだままサーシャの手を引っ張った。

だが、再び歩こうとするも、アルバートがサーシャの手を反対方向に引っ張るので進むことができない。二人とも無言の攻防を延々と繰り返すばかりで、引っ張られているほうは堪ったものではなかった。

「や、やめてくださ——…、きゃあっ!?」

サーシャは涙目になって声を上げた。

ところが、その声は途中で悲鳴へと変わってしまう。

いきなり背後から何者かに腰に抱きつかれて、後ろに引き倒されそうになったからだ。

突然のことにアルバートとジュリアの手はそこで離れ、サーシャも背後からの力に逆らえない。

よろめく足は見る間に宙に浮き、次の瞬間、逞しい腕に掻き抱かれる。

気づいたときには、サーシャは後ろから抱き締める腕の中で激しく乱れた呼吸を耳にしていた。

「よかった…、サーシャ、見つけた……っ」

「ユーリ…ッ!?」

大好きな彼の声だ。

頭を傾けると、ユーリと目が合う。

ほっとした様子で息をつく彼を見て、サーシャの目からぶわっと涙が溢れてきた。

その直後、さらなる足音が屋敷の方向から聞こえ、ユーリは肩で息をしながら後ろを振り返った。

「叔父上」

「ユーリ、いたか……っ」

「はい、無事見つけました」

「そうか、よかった」

続いてやってきたのはマルセルだ。

日中の出来事を心配して、今夜は彼も屋敷に泊まっていた。

ユーリは目が覚めてサーシャがいなかったから捜し回っていたのかもしれない。それに気づいたマルセルが一緒に捜してくれていたようだった。

　裏庭から正門へと続く開けた道。

　辺りには庭木が茂り、風に揺れた葉がカサカサと音を立てていた。

　ユーリはサーシャの手を摑むと、少しずつ後ろに下がってジュリアから距離をとる。

　その中間にマルセルが仲裁するように立ち、アルバートは傍らで皆の様子を黙って見つめていた。

　——どうして誰も何も喋らないの……？

　異様な緊張感を肌で感じ、サーシャは眉をひそめる。

　裏庭に来たときより風が強くなって空気も冷たい。それなのに、誰一人その場から動こうとしないのが妙だった。

「……もう……、親子の縁を切りましょうか」

　ややあって、ユーリがぽつりと呟く。

　サーシャは目を見開き、彼の横顔を見上げた。

　あまりにも唐突だったから、聞き間違えたかと思うほどだった。

　だが、前を見据える彼の瞳は驚くほど冷めている。

　呆然としながら、サーシャは彼の視線を追いかけた。

　今のは、どちらに向けた言葉なのだろう。アルバートかジュリアか、それとも二人に対してなのか……。

──お義母…さま……？

サーシャはその視線の先に息を震わせる。

ユーリが見ていたのはジュリアのほうだった。

「ユ…、ユーリ、いきなり何を言い出すんだ。少し落ち着いたほうがいい。そんなこと、間違っても言うものじゃない」

張り詰めた空気の中、慌てて声を上げたのはマルセルだ。

ジュリアは顔色一つ変わっていない。アルバートも特に驚いた様子はない。

それなのに、誰よりも必死になって宥めているのが叔父であるマルセルだなんて本当におかしな話だった。

「叔父上、僕は至って冷静ですよ。これは、前々から考えていたことなんです。もちろん、家長ではない僕の一存でどうこうできる問題ではないので、父上を説得する必要はあるでしょうが、難しいことだとは思いません。母上はここに戻るべきではありませんでした」

「ユーリ、なんてことを……っ」

「僕は、母上を解放して差し上げようと言っているだけです」

「……なっ」

しかし、いくらマルセルが宥めてもユーリは聞く耳を持とうとしない。

冷淡な目でジュリアを見ているだけだった。

――ユーリがこんなことを言い出すなんて……。

サーシャは戸惑いを隠せない。

自分を殺そうとした相手と縁を切りたいと思う気持ちはわからなくはないが、その相手は母親なのだ。サーシャも先ほどまでユーリを説得してでも一旦屋敷を離れたほうがいいとは思っていたが、さすがにここまでのことは考えていなかった。

「……解放……？」

それから少しして、ジュリアが僅かに身じろぎをする。

喉の奥で笑いを噛み殺し、彼女は唇を歪めてユーリを見返した。

どろっと濁った瞳。異様に引き上げられた口端。

ジュリアは一歩、また一歩近づいてくる。近づくごとに呼吸が乱れ、みるみる興奮していくのがわかるようだった。

「ジュリア、君も落ち着いて。そんなに興奮してはだめだよ」

「私に触らないで……っ！」

「――…ッ」

すかさずマルセルが間に入るが、ジュリアはこれ以上ないほど目を見開いて彼の手を振り払った。

パシッと乾いた音が辺りに響き、サーシャは肩をびくつかせた。

その間もジュリアが止まることはなく、マルセルを振り切ってさらに歩を進める。気づいたときにはすぐ傍まで来ていて、サーシャはいきなり彼女に突き飛ばされた。

「きゃ…ッ!?」

「サーシャ！」

サーシャはよろめき、倒れそうになる。

それを支えるつもりで、ユーリは手を差し出そうとしていた。

けれど、彼の手が届くことはなく、サーシャは何歩か下がったところで尻餅をついてしまう。

「——…いたっ」

地面は硬い土だったから思いのほか痛い。

打ち付けたお尻を擦りながら、サーシャは顔をしかめた。

だが、苦しげな呻きが耳に届いてハッとする。

見れば、ほんの数メートル先でユーリは仰向けに倒れ、のしかかったジュリアに首を絞められていた。

「ユーリ…ッ！」

おそらく、彼もジュリアに突き飛ばされたのだろう。

だからサーシャに手が届かなかったのだ。

もはや理性など微塵も感じない。皆がいるにもかかわらず、ここまでの行動に出るとは誰も予想できなかった。

「解放ですって!? そんなことで解放などされやしないわ……ッ! このまま終わりにできるわけがないのに、どうしてそれがわからないのよ!? 私がこれまでどんなに苦しんできたと……っ。……どうして…、どうしてなの……。どうして死んでくれないのよ……ッ!?」

「やめてください、お義母さま……ッ!」

「ジュリア、やめなさい!」

こんな狂った光景、黙って見ていられるわけがない。

サーシャが立ち上がると、それと同じくしてアルバートも声を上げて止めに入る。マルセルもまたジュリアを羽交い締めにしてユーリから引き離そうとしていた。

「放して…ッ、放して、放して放して、放して——…ッ!」

辺りに絶叫が響き渡り、ジュリアは激しく暴れた。

なんとか皆でユーリから引き離すも、彼女の興奮は収まらない。

マルセルがジュリアを羽交い締めにしながら必死で宥めていたが、彼女の瞳には殺意が宿っていて、ユーリから目を離そうとしなかった。

「だめだよ、ジュリア。こんなこと、してはいけないんだ！」

「いや、いやっ、マルセル、放してったら……ッ、この子は生きていてはだめなの……っ」

「どうしてそんな酷いことを言うんだ。ユーリは優秀な子じゃないか。バロウズ家の跡取りとして頑張っているし、今は結婚していずれは……──」

「だめよっ！　絶対にだめ、お願いっ、それだけはやめて……ッ、その前に私が早く……っ！」

「ジュリア、落ち着い……──」

「あ──…ッ！」

ジュリアの取り乱しようは尋常ではなかった。

ユーリの何かがジュリアを狂わせているとしか思えないほどの異様さだった。

ここにはアルバートがいるのだから、言いたいことがあるなら本人に直接ぶつければいい。

それなのに、彼女はユーリしか見ていない。

我が子に『生きていてはだめ』なんて、何があれば面と向かって言えてしまうのか。

とてもではないが、サーシャには理解することなどできなかった。

「ジュリア…、そんなふうに泣かないで」

「だめッ、私がなんとかしないと……っ」

「ジュリア、ジュリア……、大丈夫、大丈夫だから……」

「放して、放してよ……っ」

「ジュリア、落ち着いて……」

マルセルの懸命な説得も、ジュリアは拒絶するばかりだ。

目を見開いて大粒の涙を零し、自分を拘束する腕から逃れようとしていた。

それでも、マルセルは何度も彼女の名を呼び続ける。なんとか落ち着かせようと必死で宥め続けていた。

「……ジュリア……、……っ、ジュリ…ア……」

ところが、次第にその言葉は途切れ途切れになっていく。

震える肩。乱れた呼吸。

よく見れば、マルセルの目にも涙が滲んでいる。

その頬には、幾筋もの涙が流れていた。

「ジュリア…、ジュリア…、ジュリア……」

はじめは、それは虚しさからくるものだと思っていた。

彼がアルバートとジュリアの関係を誰よりも心配し、心を砕いてきたというのは見ていればわかる。だからいくら説得しても届かなくなってしまったことに落涙していると思っていた。

けれど、何かが違う。

ただの親類に、そんな目は向けない。

マルセルが『ジュリア』と名を口にするとき、彼の瞳は優しく潤むのだ。

そこには、あってはならない感情が入り交じっているように思えてならなかった。

——まさか、そんなわけ……。

サーシャは息を呑み、二人の様子に目を見張った。

いくらなんでもそれはない。さすがに勘ぐりすぎだ。

自分の考えを否定しながらも、頭のどこかで答え合わせをしてしまう。

羽交い締めにしていたはずの腕はいつの間にかジュリアを抱き締めていた。愚かな考えだと振り払おうとしても、これではもう否定しようがなかった。

「もう…、限界だね……。君はぼろぼろだ……」

マルセルは悲痛に歪んだ顔で声を絞り出す。

しかし、その瞳はジュリアを捕らえて放さない。藻掻く身体を後ろから強く抱き締め、哀しげに見つめていた。

「ユーリの言うとおりだ……。もっと早くに君を解放してあげるべきだった。せめて、こんなふうになってしまう前に……。すまない…、追い詰めたのは私なのに……。悪いのはすべて私なのに……っ」

はらはらと零れ落ちる雫はマルセルの頬を顎を伝っていく。

それは、どういう意味だろう。サーシャの想像どおりの関係ということだろうか。

ユーリを見ると、彼は地面に横たわったまま微動だにしない。瞬き一つせず、唇を引き結んで空を見上げていた。

「……ジュリアが兄さんの婚約者だということは充分すぎるほどわかっていたんだ。それでも、私は彼女が好きだった。はじめて会ったときから、ジュリアしか見えなかった……。けれど、私にも親が決めた婚約者がいて……、想いを伝える勇気もないまま彼女は兄さんと結婚し、私も別の女性と結婚した。一年後にはライアンが生まれ、そのときは今の生活を大切にしようと思っていた。しかし、間もなく妻が亡くなり、悲嘆に暮れていたとき、兄さんたちがうまくいっていないという噂を耳にした。なんという皮肉だろう。必死の思いで諦めた相手が哀しみに打ちひしがれている。兄さんには昔からの悪い癖があった。結婚して二年もしないうちに、兄さんは何人もの女性からの誘惑にのって…、彼女を傷つけていたんだ……。彼女は、兄さんとの間に子供がいないことにも悩んでいた。そんな彼女の相談にのっているうちに、いつしか私たちは関係を持つようになってしまった。だめだと思っても、もう止められなかった。本当はジュリアを忘れられなかった。彼女を自分のものにしたくて堪らなかったんだ……。だから、関係を持つようになって半年ほど経った頃、蒼白な顔で『あること』を打ち明けられたときは、罪悪感に苛まれながらも心の中で歓喜している自分がいた……」

そこまで言うと、マルセルは深く息をつく。

彼の視線はすぐにユーリに向けられたが、その口元は柔らかく綻んでいた。

淡々と語られる話に、サーシャは手に汗を握ってしまう。

これは決して過去の話などではない。今に続く話だ。

マルセルは何を言おうとしているのだろう。サーシャの鼓動は早鐘のように鳴り響いていた。

「ジュリアは、蒼白な顔で私に妊娠を告げたんだ。本当に嬉しかった。彼女はそうとは認めようとしなかったけれど、お腹の子は間違いなく私とジュリアの子だった。なぜなら、兄さんとは結婚して二年目には、すでに男女の関係がなくなっていたと相談を受けていたのだからね……」

「――ッ!?」

なんて恐ろしい告白だろう。

サーシャは愕然として呼吸を忘れていた。

「ああ、あぁあ……ッ」

その瞬間、藻掻くばかりだったジュリアが泣き崩れる。

これでは、今の話が事実だと認めるようなものだ。

だからユーリを殺そうとしたというのだろうか。

彼が家を継ぐ前に自分の手でなんとかしようとしたと？　それで自分の犯した罪をなかったことにするつもりだったのか？

怒濤の如く押し寄せる疑問に吐き気がする。

それを本人に告白する身勝手さに目眩がした。

ユーリは、横たわったまま人形のように動かない。

しかし、ややあって彼は数回ほど瞬きをした。ゆっくりと視線を動かし、驚くほど冷淡にマルセルとジュリアを見つめた。

——ユーリ、まさか知っていたの……？

あまりの衝撃にサーシャは震えが止まらない。

けれど、マルセルのほうは愛おしそうにユーリを見つめていて、その視線の意味に気づいていない様子だ。だからこそ、何を言えば彼の逆鱗に触れるのかも想像できなかったのだろう。

「もうわかっただろう？　そう、ユーリは私の子だ。いや、二人ともそうだ。エミリも……、エミリも私たちの……——」

「……ッ」

追い打ちをかけるような告白の直後だった。

ユーリは血が滲むほど唇を噛みしめて立ち上がると、そのまま全速力でマルセルに向かい、いきなり手を伸ばして乱暴に彼の顔を鷲摑みにした。

それは、見ようによっては口を塞いだようにも見える行動だった。

「ふ、ぐ……ッ!?」

突然のことに、マルセルはただ呻くだけだ。

一方で、ユーリの瞳は怒りに染まりきっている。彼は感情に任せてマルセルの襟首を摑み、一番近くの樫の木まで引きずっていく。間髪を容れず、背中を幹に押しつけると、地を這うような低い声で叫んだ。

「それ以上は許さない……っ」

「……う…」

「罪悪感があるなら、なぜそれを口にする？　打ち明けられてどう反応しろと？　誰がそんな話を聞きたいと言った!?　一生黙って背負っていればよかったものを……ッ、冗談じゃない、ずっと知らないふりをしてやっていたというのに……っ！」

堪えがたいほどの怒りに、ユーリの手はぶるぶると震えていた。

やはり彼は知っていたのだ。

知っていて、知らないふりをしていたのだ。

『僕にだって、守りたいものがあるんだ……』

ふと、夕暮れ時にベッドの上で聞いた呟きを思い出す。

ユーリは何を守ろうとしていた？　エミリを守ろうとしていた？

一度口にした言葉はなかったことにはできない。

皆、黙っていたから堪えていた。殺されそうになっても受け入れていた。

悪夢にうなされながら踏みとどまっていたところを、マルセルは土足で踏みにじったのかもしれなかった。

「本当にどこまでも勝手な人たちだ。――ねぇ、母上、あなたのことだよ」

「……ユー…リ……」

マルセルを幹に押さえつけたまま、ユーリはゆっくり振り向いた。

頭を傾け、ジュリアを見つめる瞳は氷のように冷たい。

そんな目を向けられるのははじめてだったのか、ジュリアは息を呑み、唇を歪めるユーリを食い入るように見ていた。

「母上、僕はあなたに何度殺されただろう？　あなたは、この首を絞めて何人もの僕を殺したね。ほら、地面を見てごらんよ。あなたの周りには僕の死体の山がある」

「……え…、きゃあ……ッ!?」

「心当たりがあるんだね。なんて酷い母親。そんなに僕を殺してどうするの？　跡継ぎがいなくなったら、この家はどうなる？　……関係ないか。あなたは自分の罪を隠すほうが大事だものね。足下にある死体の山なんてどうということはない。いくら踏みつぶしても平気だよね」

「いやあ、いやあぁぁあ……っ」

ジュリアは怯えた顔で悲鳴を上げていた。

地面を見回し、真っ青になって叫び続けていた。

彼女には何が見えているのだろう。まさか、本当にユーリの死体が山となって見えているのだろうか。

逆に言えば、それだけ追い詰められていたとも考えられるが、とても同情する気にはなれない。

けれど、そんな彼女の姿を見ているユーリは今にも泣いてしまいそうだった。

冷たい眼差しの中で感情が揺らいでいる。それはきっと、彼が見せた母への最後の優しさだったのだろう。

「だから母上…、もう充分でしょう。気が済んだでしょう。あなたの子は、どこにもいないんです。ここにいるのは、ただの亡霊です……。すべてが終わりました。あなたたちとの関わりは完全になくなりました。ですから、今すぐ二人でいなくなってください。もう戻らないでください。もう二度と…、永遠に顔も見たくない……っ！」

ユーリの強い拒絶。

終わりのほうは声が震えていた。

彼の周りの空気もビリビリと震えているようだった。

襟首が放されると、マルセルは蒼白な顔で立ち尽くす。

ジュリアは力なく項垂(うなだ)れて、嗚咽を漏らしていた。

これ以上、言い訳などできるはずがない。身勝手な言い分を垂れ流すなんて許されるわけがなかった。

それから程なくして、マルセルはアルバートに目を移す。

互いの目が合うや否や、マルセルは躊躇いがちに何かを言おうとした。

「に…、兄さ…――」

「さよなら。二人とも、お幸せに」

「……っ」

だが、それより先にアルバートが声をかけた。

普段と変わらずのんびりした口調にサーシャは驚きを隠せない。

――なんてあっさりしているの……。

けれど、よくよく見れば、その横顔は酷く強ばっている。

アルバートは笑顔になり損ねた複雑な顔で二人に手を振っていた。

その心の内は誰にもわからない。彼もまたすべてを知っていながら、見て見ぬ振りをしていたのだろうから……。

「……戻ろうか」

やがて、アルバートは小さく呟き、屋敷に引き返していく。

サーシャは躊躇いがちにユーリの手を取ると、ジュリアとマルセルに背を向けて歩きだした。

しかし、それから少ししてアルバートがふと足を止める。

屋敷の前でライアンとエミリが立ち尽くしていたからだった。

「皆で何をしていたの……？」

不安げなエミリの声にサーシャは息を呑み、隣のユーリに目を移す。

彼は唇を引き結んだまま何も答えようとしなかった。

「なんでもないよ。皆で月を眺めていたんだ」

代わりに、アルバートが穏やかに答える。

また歩きだしたのを見て、ユーリはサーシャの手を少し強く摑んでアルバートのあとに続いた。

「……本当にそれだけ？」

「あぁ、それだけだよ」

「本当に？　皆で月を見ていただけ？」

エミリは探るような目でこちらを見ていた。

傍まで行くと、ユーリはライアンを見てからエミリに視線を落とす。

「今度はエミリも一緒に見ようね」

砂糖菓子のような甘い微笑。

ユーリの顔はすでにいつものとおりに戻っていた。

だが、ライアンは強ばった表情のままだ。

一方で、エミリはほっと胸を撫で下ろしている。小さな彼女を安心させるにはそれで充分だったのだろうか。

門の傍で立ち尽くす二つの影。

その影はいつの間にかひっそりと消えていた。

ただ、誰一人振り返ろうとはしなかったから、二人がいつ頃いなくなったのかはわからない。

その後の消息もわからない。

少なくとも、サーシャの耳に入ることは一度もなかった――。

第八章

その後、裏庭から戻ったサーシャは、ユーリに連れられて彼の衣装部屋に来ていた。

エミリは自室へ、ライアンも元いた部屋に戻ったようだ。

静かな夜に起こった騒ぎに気づいた使用人は何人かいたが、すべてアルバートが対応してくれた。

――今、何時頃なのかしら……。

寝室を出てからずいぶん経った気がするけれど、実際のところはよくわからない。

とはいえ、別に眠いわけではなかった。

ユーリも同じなのかもしれない。疲れているはずなのに、目が冴えてしまうことは誰にでもあるものだ。

――それにしても、何度見ても圧倒されてしまうわ……。

部屋のあちこちに置かれた何体もの等身大のマネキン人形。

それらは皆、ユーリが手作りした衣装で着飾られているが、この部屋にまだ慣れていないこともあって妙に緊張してしまう。マネキン人形には顔がないので、日中に踊り子の衣装をこっそり返しに来たときは少し怖かったのだ。

けれど、この中にはサーシャも何度か着た衣装もあるから、懐かしい気持ちにもなる。

花嫁衣装に修道服、侍女の制服に町娘風の簡素なワンピース、王女用の華美なドレスなど、ユーリがくれた人形に酷似した衣装がそうだった。

——でも…、ここには、他にも変わった衣装がたくさんあるのよね。

サーシャはオイルランプの灯りを頼りに部屋を見回す。

白いドレスの背中に天使の羽らしき飾りがついた衣装は、はじめてこの部屋に来たときに驚いたものだ。それ以外にも、透ける素材でできたネグリジェやら獣の耳らしき髪飾りをつけたマネキンが日傘を持ってバッスルドレスを着ていたりと、よくよく見てみればあのときにはなかったものも多くあった。

——どうしたら、こんな衣装を思いつくのかしら……。

あんなに酷い目に遭いながら、彼は何を思って服を作り続けてきたのだろう。

もしかして、ユーリの趣味には彼を取り巻く大人たちの影響もあるのだろうか。

聞きたい気持ちはあったが、辛い気持ちを蒸し返すようで躊躇してしまう。

いつか、ユーリが自分から話してくれるときまで待つべきかもしれない。

今は黙って彼の傍にいよう。サーシャがゆっくり部屋を見回していると、後ろからふわりと彼に抱き締められた。

「全部、サーシャを想って作ったんだ。君が着た姿を想像しただけでドキドキする。作るのが楽しくて仕方ないんだ。気づけば、こんなに増えてしまった」

「そ、そうなの」

サーシャがぎこちなく相槌を打つと、彼は嬉しそうに耳元で頷く。

吐息がくすぐったくて肩に力が入ってしまう。

すると、ユーリは小さく笑ってサーシャから離れ、壁一面に置かれたクローゼットの前に立った。

きっと、その中にもたくさんの衣装が仕舞われてあるのだろう。

ユーリが右端の扉を開けると、思ったとおり、中にはいくつもの衣装が掛けられていた。

しかし、じっとクローゼットの中を見つめたあと、おもむろに彼が取りだしたのは革張りの箱だった。

「その箱は…？」

「僕にはいらないものが入ってる。そろそろ手狭になってきたから、処分するなり誰かにあげるなりしようと思って」

「……？」

いらないものと言うわりには、ずいぶん高級そうな箱に入れている。

それに、わざわざクローゼットに仕舞ったものが不要だなんて変な感じだ。

不思議に思っていると、ユーリはその箱をゆっくり開けていく。サーシャも彼の隣まで来て覗いたところ、中には一体の人形が入っていた。

「お人形……？」

金髪のかわいいビスクドール。

滑らかな頬。美しい碧眼。精巧な赤いドレス。

サーシャがもらった人形と比べてもなんら遜色はなく、素晴らしい出来だった。

「これは、母上からもらったものなんだ」

「え……」

「まだ十歳だったけど、すごく戸惑ったのを覚えてる。僕は男なのにって…、あまり嬉しくなかったんだ」

「……どうしてお人形だったのかしら」

「僕が男だからじゃないかな。『あなたが女の子だったらよかったのに』って恨めしそうに何度も言われたよ。だから、つまらなくても一人で人形遊びをしていたんだ」

「そ…んな……っ」

思わぬ話にサーシャは息を呑む。

どうしたら、そんなことが言えるのだろう。

自分を否定されて、ユーリはどれほど傷ついただろう。二の句を継げずにいると、彼は人形を手に取り、じっと眺めながら話を続けた。

「母上がそんなことを言うのも、はじめは男というものに嫌気が差していたからだと思っていたんだ。物心ついたときには、父上はすでにたくさんの女性と浮気していたしね……。どうして母上だけではだめなのかと問いかけても、父上は『愛は一つだけではないんだよ』と、幼い子供ににこにこ笑って返すような人だ。まともな神経では一緒にいられなかったのかもしれないね。僕も…、父上の言っていることはよくわからなかった」

「ユーリ……」

「それでも、理解しようとしたときもあった。母上に頼んで他にもたくさん人形を買ってもらって、そのすべてをかわいがろうとしたんだ。……父上のようにね。だけど、その中でも気に入った人形にはつい多く話しかけてしまう。人形に対してさえ全部を好きになることなんてできないのに、相手が人間ならなおさら難しいはずだ。結局、父上のことは理解できないままだった。それなのに、十三歳のときにエミリが生まれて、僕にはもっとわからないことができてしまった。両親は愛し合っているように思えないのに、どうしてエミリが生まれたのか不思議でならなかったんだ。それくらいの年齢になれば性の知識はあるからね……」

「……っ」

「でも…、本当はなんとなくわかっていた。母上は、父上よりも叔父上と一緒にいることのほうが多かった。誰もいないところで抱き合う姿をときどき見かけることもあって、もしかしてエミリは父上の子ではないのかもしれないって……。けれど、そう思った途端、僕の中でもう一つの疑問が浮かんだ。『だったら自分はどうなんだろう?』ってね……。『あなたが女の子だったらよかったのに』と恨めしそうに繰り返された言葉と、この人形を渡されたのが答えじゃないのかと……。そして、その疑問は、サーシャと出会った直後から首を絞められるようになって確信へと変わった。僕が父上の本当の子ではないから、この家の跡継ぎになることを母上はずっと恐れていたんだって……」

ユーリはそこまで言うと、人形を掴む手にぐっと力を込める。

彼の声は微かに震えていて感情が高ぶっているのがわかるほどだった。

――私と出会った直後…、そんなに前からだったなんて……。

改めて知った事実にサーシャは愕然とした。

自分たちが出会ってから八年間、ユーリはずっと堪えていたと言うのか。

誰にも言わず、たった一人で抱え続けてきたと言うのか。

こんなこと、本当は口にするのも嫌だったはずだ。

それなのにユーリは話してくれている。

こうしてジュリアからもらった人形を見せてくれた。

サーシャが『隠し事ばかり』と泣いたからだろうか。『夫婦なのに』と不満をぶつけたからだろうか。だとしたら、申し訳なかった。こんなにも辛い現実を抱えていたなんて思いもしなかったのだ。

「……ぅ……」

勝手に涙が出てきて止まらない。

息を殺して肩を震わせていると、ユーリはハッとした様子でサーシャに目を戻す。

涙でいっぱいにした顔を見た途端、彼もまたぐしゃっと表情を崩し、人形を箱に戻してサーシャを抱き締めた。

「サーシャ…、泣かないで。こんな話をしてごめん」

「そんなのいいの……っ、私こそ、何も知らなくてごめんなさい……っ」

「どうして君が謝るの？　君がいるから、今の僕はこんなに幸せなのに」

「……幸…せ？」

思わぬ言葉に、サーシャは目を瞬かせる。

ユーリは静かに微笑み、零れた涙を指で拭ってくれた。

「大好きな君と結婚できたのに幸せじゃないわけないだろう？　そういう意味では、この家に生まれたことを感謝してるんだ。サーシャにはじめて会ったときのことは今でもよく覚えてるよ。たくさんあった人形の中で、一番気に入っていた人形をあげたら小さな君は頬を真っ赤にしていたね。お気に入りのリボンを僕にくれて、すごく嬉しかった。きっと、この子は皆に大切にされてきたんだろう。こんな宝物のような子が僕の女の子なんだ。そう思ったら、どんなことだって堪えられたよ」

「た…、宝物なんて言い過ぎだわ……っ」

「そんなことないさ。こうして、僕にとってたった一人の子に出会えたんだからね。それが結婚相手だというんだから、こんな幸運なことはない。僕には父上の考えは一生理解できないと思った。だって他の子なんて、とても考えられない。たとえ今と違う立場で出会ったとしても、僕は絶対にサーシャを好きになるよ。侍女でも修道女でも、それ以外でも同じだ。必ず見つけて君を奪いにいく」

「ユー…リ……」

「……なんて、そんな妄想の行き着いた先がこの衣装部屋なんだけどね」

ユーリは間近で囁くと、照れたようにはにかんだ。

部屋を埋め尽くす勢いで増える衣装の数々。

それらを彼は、『全部、サーシャを想って作った』と言っていた。サーシャが着た姿を想像しただけでドキドキして、作るのが楽しくて仕方ないと言っていた。

——やっと、少しわかった気がする……。

ユーリはなんとかアルバートを理解しようとしていた。

何人もの女性を好きになってしまう気持ちをわかろうとしていた。

けれど、ユーリにはどうしてもわからず、サーシャを想う気持ちと混ざり合った結果、こういった形になったのかもしれない。想像の域を出ないが、ここにあるものがすべて彼の愛情の結晶だということはサーシャにもわかった。

「あ…、じゃあ、私に触れなくなったのは？　それもやっぱりお義母さまが関係していたの？」

サーシャは部屋を見回したあと、彼に目を戻す。

ずっと不安だった。昨夜なんて、勇気を出して誘ったのに逃げられてしまったのだから、せめてこれだけは聞いておきたかった。

「……そうだよ。母上は僕を殺そうとしていたけれど、その標的にサーシャも成り得たからね」

「え……」

「君は僕の妻だ。いずれはその身に新しい命が宿るかもしれない。間違いを犯してできた僕との子供がね……。母上は、僕たちの結婚式の一週間前には何をするかわからない状態になっていたんだ。だから遠ざけたというのに、あんなに早く戻ってきてしまって……。

できるだけ母上を刺激したくなかった。君とは少しでも距離をとって、ぎこちない関係を演出しようとしたんだ」

「そうだったの……」

「だけど、さすがに昨夜は後悔したよ。君を泣かせたんじゃないかって……」

「……っ、そんな、私、あれくらいで泣いたりなんて……っ」

サーシャはふるふると首を横に振る。

だが、安心した途端、次々と涙が零れてしまう。

触れられなくなった理由がようやくわかって、胸の棘が消えていく。飽きられたのかと思っていたから、自分のためだと知って涙が止まらなくなってしまった。

「ごめん。サーシャ、泣かせてごめん」

ユーリはそんなサーシャを強く抱き締め、何度も背中を撫でる。

「いいの…、もういいの……。ユーリに嫌われたわけでないのならよかった」

「まさか、僕がサーシャを嫌うなんてあり得ないよ。いっそ、この頭の中を見せてあげたいくらいだ。好きじゃなきゃ、こんな部屋は存在しないよ」

「……ん、うん…」

「好きだよ。本当に好きなんだ」

「ユーリ…、私も好き。大好き……。あなたがどこの誰でも愛してるわ。ユーリだから好きなの。はじめて会った日からあなただけだった。私にとっても、あなたは宝物のように大事な人なのよ……」

「……サー…シャ」

家とか血とか、そんなことはどうでもいい。

もしもユーリが今のユーリでなくても構わない。

結婚するまで考えたこともなかったけれど、いろいろな自分になって違う出会いを想像したとき、どうしてもユーリ以外は考えられなかった。

彼と一緒にいるためなら、なんだってできる。

この関係を守るためなら、秘密を抱えることなどなんでもなかった。

「サーシャ…ッ」

「ん、あ…」

ユーリは感極まった様子で、サーシャに口づける。

何度も何度も、想いを隠すことなく唇を重ね合った。

こんなにも愛されているのに、それを疑うなんて愚かだった。

唇の隙間から舌を差し入れられ、サーシャは自ら口を開く。すぐさま彼の熱い舌がサーシャの舌を補らえ、激しく絡め合いながらくぐもった声を漏らした。

「あ…ぅ…、んん、ん……」

もっとほしい。苦しいほどキスしてほしい。

サーシャはせがむように彼にしがみつく。

今夜は何もせずに眠るなんて、できそうにない。こんな夜だからこそ、彼の望むままに抱かれたい。これまで我慢ばかりしてきたのだから、もっとわがままになってほしい。それでユーリが元気になってくれたなら、これほど嬉しいことはなかった。

「……ん、んぅ…、もっと、ユーリの好きにして……」

「僕の好きに……?」

「そう…、着替えでもなんでもするから」

「着替え?　どれでもいいの?」

「ん…、どれでも……」

サーシャは頬を赤らめてこくんと頷く。

折角、衣装部屋にいるのだから、着替えてほしいと言うならそうする。

サーシャは、部屋のあちこちに置かれたマネキン人形を彼の肩越しにこっそり見つめた。

少々勇気がいりそうなものもあったが、ユーリが喜ぶならなんでも着たかった。

「どれにしよう。踊り子の衣装もすごくよかったけど……」

言いながら、ユーリはぐるっと部屋を見回す。

心なしか、頬が上気している。キラキラした目で、あれこれ想像しているのがわかってほっとしてしまう。久しぶりにこんなに生き生きした顔を見た気がした。

「あ…、じゃあ、アレにしようかな。本当に、なんでもいいんだよね？」

「なんでもいいわ」

「少し待ってて。持ってくるから」

「えぇ」

ユーリは嬉しそうにサーシャから離れていく。

待っているだけでは手持ち無沙汰であとを追うと、彼はクローゼットの傍に置かれたマネキン人形の前で立ち止まった。

――え……、ユーリ…、それがいいの……？

サーシャは思わず頬をひくつかせる。

そのマネキン人形は、透ける素材のネグリジェを着ていた。

しかも丈が異様に短い。下は何も穿いておらず、太股が少し隠せるほどの長さしかなかった。

「ふふ…、嬉しいな。これは結婚してから作ったやつなんだ。ちょっと過激だから、もう少し慣れてからと思ってたんだけどね」

「そ…、そうなの。ところで、それは製作途中なの？」

「いや、これで完成だよ。どうして？」

「う、ううん、なんでも」

念のため確認して、サーシャはぎこちなく首を横に振る。

あまりに丈が短いから、もしかしたら下もあるのではないかと思ったが、そんなことはなかったようだ。

ユーリが器用な手つきでマネキン人形からネグリジェを脱がすのを見ているうちに腰が引けそうになったが、なんでもいいと言ったのは自分のほうだ。サーシャは腹を決めると、彼が振り返るのと同時にさっと手を伸ばした。

「……僕が着替えさせてあげるね」

「え……」

だが、差し出した手を見るや否やユーリはにっこり笑う。

一人で着替えるつもりでいたのを、やんわりと窘められた気分だ。

サーシャは手を引っ込めて、もじもじしながら頷く。

そんな笑顔で言われては大人しく従うしかない。もとより、ユーリが用意した衣装に着替えるときは、大抵彼が手伝ってくれるので予想できないことではなかったが、久しぶりすぎて頭になかった。

「こういうとき、女性ものの服を作ってきてよかったと思うよ」

「……どうして？」

「構造を知っているぶん、どう脱がせばいいのかがわかるからね。外出用のドレスとなると複雑なのもあるから多少手こずるかもしれないけど」

　マネキンの肩に一旦ネグリジェを掛けると、ユーリはサーシャの後ろに回り込む。

　背中のボタンを外してすぐにコルセットに手を伸ばし、締め付けを緩めながら丁寧に外していく。日用着のドレスとはいえ、腰を細く見せるためのお洒落はちょっとした装備のようなのに、確かに彼がもたつくところはこれまで一度も見たことがなかった。

「一応言っておくけど、他の女性で練習したことはないよ？」

「そっ、そんな疑ったりなんて……。あ、でも、エミリちゃんは別でしょう？　エミリちゃんのお洋服、前に作ったことがあるって」

「だからって妹を脱がして練習なんてしないよ。サイズさえわかっていれば、大抵の服は作れるんだし」

「言われてみれば……」

「それに、エミリを脱がしたって楽しくないもの。僕は、サーシャだから脱がしたいって思うんだよ？」

「……そ…、そ…なのね……」

　さらっと恥ずかしいことを言われ、サーシャは顔を赤くする。

　ユーリは目を細めて頷き、するするとドレスを脱がしていく。そのままアンダードレスも脱がすと、流れるような動きでドロワーズの紐を外した。

おしゃべりをしているうちに、ほとんど裸になってしまった。

あまりに鮮やかすぎて脱がされた感覚がない。こんなことを思うのも変だが、並の侍女よりもユーリのほうがよほど手際がいいのだ。

「サーシャ、一旦全部脱いでしまおうね」

「ン…、あ、えぇ…」

腰に指が触れ、思わず声が出てしまう。

躊躇いがちに返事をすると、ユーリはドロワーズをゆっくり下ろし、サーシャは完全に生まれたままの姿にされてしまう。その間、彼の視線は胸から下腹部、太股までを何度も往復し、口元は嬉しそうに緩んでいた。

「じゃあ、今度はこれを着ようか」

「……え、えぇ」

ユーリはマネキンの肩に掛けておいたネグリジェを指差す。

サーシャが頷いたのを見て、彼はネグリジェを手に取り、形を整えてからふわりと頭に被せる。

裾が広くて全体的にゆったりしているから、それだけでするんと頭が抜けていく。あとは袖に腕を通すだけで終わりだったが、特にもたつくことはなかった。

――すごく恥ずかしい……。

生地はとても薄く、オイルランプの灯りしかなくても透けているのがわかるほどだ。しかも、太股の半分も隠せない短い裾があまりにも心許ない。そのうえ、下着を身につけていないから、ネグリジェ越しに身体の線が丸見えになっていた。

脱ぐより着るほうが恥ずかしいなんてはじめてだ。

サーシャは裾を引っ張りながら、ユーリに目を向ける。

彼は先ほどより後ろに下がって、満足げにサーシャを見つめていた。

「サーシャ、向こうの部屋に行こう」

「向こうって執務室？」

「ここでは、見られているみたいで落ち着かないだろう？」

「……た、確かに……」

たくさんのマネキン人形。

顔はなくても人の形をしているから、ユーリの言いたいことはよくわかる。

辺りを見回していると手を取られ、彼はオイルランプを持って執務室へと続く扉に向かう。

執務室に入ると、ユーリはジャケットを脱ぎながらオイルランプを壁に掛ける。

外は暗く、月明かりもほとんどない。ぼんやりした灯りの中、ユーリは脱いだジャケットを執務机に広げていた。

　——何をしているの……？

「あ…っ!?」

　不思議に思って見ていると、不意に抱き上げられる。

　驚きの声を上げたのも束の間、気づいたときには執務机の上にのせられていた。

「……いい眺め」

「なっ、なに……？」

「やっぱりこれにしてよかった。たとえばサーシャが侍女だったなら…、たとえば踊り子だったなら……、そういう出会いを想像するのも楽しいけどね。今のサーシャにしてもらいたいことにも素直でいるべきだと思って」

「今の私？」

「そう、今のサーシャ」

　ユーリは執務椅子に腰かけ、サーシャをじっくり眺める。

　言われてみれば、これまでは今と違う出会い方をした二人を想像して抱かれることがほとんどだった。

　それなのに、戸惑いはあっても特に不満を感じたことがなかったのはなぜだろう。

　一度目の行為が終わっても、自分たちはいつもそれだけでは終わらない。すぐに二度目がはじまるが、そのときは二人とも必ず生まれたままの姿になり、普通にベッドで愛してくれたからかもしれなかった。

「ユーリが、私にしてもらいたいことって……？」

「……それは追い追いね。その前にちゃんと準備しないと」

「準備？」

「僕を受け入れる準備だよ。サーシャ、脚を広げてみせて」

「あ、あ…っ」

彼はサーシャの膝頭を指先でなぞると、脚の間にすっと手を挟んだ。

その手に少し力が籠もり、ぐっと脚を広げられる。反射的に閉じようとするも、ユーリはさらに手に力を込めてサーシャの両脚をさらに大きく広げてしまった。

このネグリジェの丈は、太股が半分隠れる程度もないのだ。

下着だって穿いていないのだから、こんなふうに脚を広げればどうなるかなんて想像するまでもない。椅子に座ったユーリの位置からではサーシャの秘部は丸見えになってしまっていた。

「少し、そのままでいて」

「や…、あっ、あぁ……ッ!?」

彼は内股に口づけると、舌先で肌をくすぐる。

サーシャが肩をびくつかせ、甲高い声を上げるや否や、今度は指で秘所をとんと突く。

途端にサーシャの全身が跳ね、彼はそれを愉しむように内股に舌を這わせながら指をくねらせた。

「あぅ…、ンッ、んぅ、あ…んっ」

「ふふ、かわいい声…。気持ちいいんだね」

「んっ、あっ、いきなりそんなところ……、あ、あっ、あぁう……ッ」

「でも、ココはもう濡れてるよ？　どうしてかな」

「あぁっ、や、ああ」

「ねぇ見て、僕の指。サーシャの蜜で光ってるよ。少し動かすだけで音がするね。こうやって擦ると入り口がひくつくんだ」

「ん、ん、…んぅ…、ひぁ、あ…、あ…ああ……」

ユーリは意地悪に囁きながら、指を縦に動かしていく。

触れられただけなのに、くちゅくちゅといやらしい水音が響き、奥から蜜が溢れでてくるのが自分でもわかるほどだ。

きっと、身体のほうは待ち焦がれていたのだろう。サーシャが真っ赤になって腰を引こうすると、見計らったように指を中心に入れられ、同時に舌先で敏感な芽を突かれた。

「あっ、あっ、あっあっ、あっあぁ……ッ！」

サーシャはびくびくと身体を揺らして激しく喘ぐ。

「……すごいね。どんどん僕の指が呑み込まれていく」

一方、ユーリは食い入るように中心を見つめ、微かに声を震わせていた。

まさか執務机の上でこんなことをされるとは思わなかった。

動揺しながらも、サーシャは声を抑えられない。

内壁を擦られるたびに、どんどん身体が熱くなる。自分の中心でユーリの指が出入りする様子にも目が離せなかった。

そのとき、彼は舌で芽を嬲りながら、ふとサーシャを見上げた。

淫らに濡れた瞳。いやらしく動く舌先。

恥ずかしいのに目を逸らせない。内壁が反応して指を締め付けているのがわかる。

お腹の奥が切なくなって、いつしか溢れた蜜が指を伝って零れ落ち、執務机に置かれたジャケットを濡らしていた。

「サーシャ、夕方のときより感じてるね。こんなに濡らしたら、いくら舐め取っても追いつかないよ」

「くぅ…、う…んッ、あぁ、やっ、だめ…、そんなにしちゃだめ……っ」

「どうしてそんなこと言うの？　もっとたくさん舐めたいのに……。サーシャの全身を指と舌で味わい尽くしてみたい」

「そっ、そんな…ッ、あぁう、ひ…ぁッ、そ…なことされたら…、おかしくなっちゃ……。

ああ、あぁ…あっ、指…、いや…、いや……ッ」

「……指…、いやなの？　ならどうしてほしい？」

「ひ…ん、ユーリ……、ユーリ、ユーリ……ッ」

「僕の…、ココにほしいの？」

「ん、んんっ」

サーシャは目に涙を浮かべ、こくこくと頷く。

顔から火が出そうなほど恥ずかしかったが、このまま果ててしまうよりはいい。

身を屈めて彼の頭に抱きつき、サーシャはねだるように耳を甘噛みする。

すると、ユーリは肩をびくつかせ、ぴたりと指の動きを止めた。

数秒ほど間が空き、中心から指が引き抜かれる。すぐさま抱き上げられ、彼は自身の膝にサーシャを跨がせるようにのせた。

「……ほしいなら、言葉でそう言って。なんでもあげるよ」

「あ……」

「ね、サーシャ？」

ユーリは頬を上気させ、自分の指をぺろりと舐めてみせる。

妖しく濡れた指先。今までサーシャの中心に入れていた指だった。

「ユーリ…、私……」

間近でそんな行為を見せつけられて強い羞恥を覚えたが、これほどの凄絶な色気に逆らえるわけがない。

ドクンドクンと心臓が拍動するのを感じながら、サーシャは誘われるように彼の胸元に手を伸ばす。たどたどしくジレのボタンを外すと、シャツのボタンに手をかけた。

自分にはユーリのような器用さはないから、一つ外すだけでも時間がかかってしまう。それでも、なんとかすべてのボタンを外し、彼の胸元を大きくはだけさせてあらわになった肌に思わず息を呑んだ。

美しい鎖骨の曲線。逞しい胸板。引き締まった腰。

おずおずとその胸に触れると、ユーリはぴくんと眉をひくつかせた。

「……サー…シャ……」

彼は脱がしてほしいとは一言も言っていない。

触れてほしいとも言っていない。

サーシャが触れたかっただけだ。ただほしいと言うのでは伝え足りなかった。

鍛(きた)えられた腹筋を五本の指でなぞりながら、サーシャは綺麗に浮きでた鎖骨に唇を寄せる。軽く歯を立てるとユーリは僅かに息を乱し、色っぽく眉根が寄せられた。

「……う……」

その表情を食い入るように見つめ、サーシャは震える手をさらに下へ伸ばす。熱くなった下肢に猛（たけ）った雄芯。

彼が興奮しているのは、服の上から軽く触れただけでわかるほどだった。

「ユーリ…、お願…い……。私をあなたのものにして。ユーリがほしいの……。滅茶苦茶にしてもいいから……っ」

「……ッ、サーシャ……っ」

「んぅ…、ンぅ」

瞬間、彼はサーシャの唇を激しく貪り、素早く自身の下衣を寛げた。

獰猛（どうもう）に瞳を光らせ、サーシャの腰を摑んで持ち上げると、いきり立った先端を秘部に押し当てる。

その動きに迷いなどは微塵もない。ユーリはぐっと腰を引き寄せ、濡れそぼった内壁を押し広げながら一気に最奥まで身体を繋げたのだった。

「ひ…ぁ、あああ——…ッ！」

「っく……」

悲鳴に似た嬌声を上げると、喉元に歯を立てられる。

隙間なく押し開かれた中心をさらに奥まで突き上げられ、間髪を容れずに激しい抽送がはじまった。

「あぁっ、ああっ、ひぁあ……っ！」

「……サー…シャ…、僕のサーシャ……ッ」

サーシャは涙を零してユーリの首にしがみつく。

けれど、痛みがあるわけではなかった。

ただただ身体が熱い。奥を擦られるたびに秘部から蜜が溢れだし、繋がった場所が灼けるようだった。

「あっあっ、あっ、……ンッあぁっ、ユーリ…ッ、あぁぁ、あ、ああ……っ」

目の前がチカチカする。あまりの快感でどうにかなってしまいそうだ。

ユーリはネグリジェの上から乳首を舐め、硬くなった突起を甘噛みする。

ビクビクと肩を揺らす様子に目を細め、彼は主張した頂を舌先で嬲りながら最奥を突き上げた。

「あぅ…ッ、ひ…、あああぁあ……ッ」

サーシャは喉を反らして快感に喘ぐ。

その間もユーリは乳首を舌で嬲り続け、唾液で一層布が透けて乳首の形がくっきりと見えてしまう。

サーシャは真っ赤になって彼の首にしがみつき、内壁を行き来する熱塊を締め付ける。

無意識のうちにユーリの動きに合わせて彼の与える快楽を追いかけていた。

「……っ…、サーシャ…、これではすぐに終わってしまう」

「やぁっ、や、あぁぁ……っ」

「いやなの？　でも…、もう止められそうにないよ」

「あぁっ、ひああっ、もっと…、もっとして……っ」

「っは……、そうだ…ね。これで終わりじゃない……。何度でもはじめればいい。今夜は、指が一本も動かなくなるまで君を僕のものにしてあげるからね」

「んっ、あっ、ああっ、あっあっ、ひ…んっ、あっ、あぁぁぁ……ッ」

耳元で低く囁かれ、お腹の奥がぞくぞくした。

苦しげに乱れる息が首にかかるだけで背筋が震えてしまう。

そのとき、ユーリはふと思いついた様子でジャケットに手を伸ばし、腰を突き上げながら内ポケットから何かを取りだした。

サーシャのほうは狂おしいほどの快感に追い立てられて彼の肩に顔を埋めていたが、ややあって右の手首に違和感を覚えて顔を上げる。

見れば、互いの手首がリボンで繋げられていて、肩で息をしていると指を絡めるように強く握られた。

「……ずっと一緒だよ。離れないように結んでいようね」

「ユー…リ……」

それは寝室の枕の下に仕舞ってあるはずだった。

どうしてそれを彼が今持っているのだろう。

不思議に思ったのも束の間、腰を抱き寄せられ、全身を小刻みに激しく揺さぶられて、さらなる快楽に呑み込まれる。いつしかサーシャは彼の上で夢中で腰を振り、求めるままに唇を貪り合っていた。

「んんっ、んんぅ、んんっ、っはン、あ、あああ……ッ」

「……好き……だ……、サーシャ……」

「ユーリ……、ユーリ……ッ」

「もっと……、もっと言って……。僕の名を呼んで……」

「ひぅ……、あぁっ、ユーリ、ユーリ、ユーリ……ッ！　あ、あぁあ、ああ、もう……だめ……、もう、も……我慢できな……っ」

「ん……、いい……よ……。一緒に行こう。僕も一緒だよ……っ」

「あぁっ、あぁあッ、あ、あぁっ」

がくがくと全身を揺さぶられ、必死で彼にしがみつく。

内壁が激しくうねり、奥を行き来する熱塊を締め付けながら、サーシャは絶頂の予感に身悶える。切なげに喘ぐユーリの声に、さらに快感が募って口づけをねだった。

「ンッ、んっんぅ、んっんっ」

もう何も考えられない。ユーリしか見えない。

呼吸もままならないほどの口づけに、目の前が白んでいく。

骨が軋むほど抱き締められているうちに、お腹の奥が波打ちはじめる。最奥に留めたまま の先端で執拗に擦り上げられ、全身をわななかせて怖いほどの快感に呑み込まれた。

それと同時に彼のものがさらに大きく膨らんで弾ける。

ややあって内壁が熱いもので満たされていくのがわかり、サーシャはこれ以上ないほどの悦びの中でさらなる高みへと攫われていった。

「んんっ、ひあぁ、あぁっ、あ、あぁッ、あぁあああ――…ッ！」

「――…っ！」

身体も心も一つになったようだった。

これほど深く彼と繋がれるなんて思わなかった。

部屋に響く激しい息づかい。舌を絡め合う湿った音。

二人とも強く抱き締め合って、ただ互いを求め続けていた。

律動が止まってしばらく経っても絶頂はなかなか終わらない。断続的な痙攣に打ち震えながら、サーシャは彼だけを見つめ続けていた。

――ユーリ、睫毛(まつげ)長い……。

固く閉じたユーリの瞼が小さく震えている。

睫毛も一緒に揺れていて、それさえ愛しかった。

「……ん…、あ…、っは、はあ……、あ……、ぁ……」

やがて、ゆっくり唇が離れ、ユーリの目が静かに開く。

ぼやけるほどの距離で見つめ合っているうちに、やんわりと頬を撫でられる。

優しい手は温かくて大きい。

うっとりしながらサーシャも彼に手を伸ばす。

柔らかな髪を指で梳き、頭を撫でるとユーリはくすぐったそうに笑っていた。

「ユーリの守りたいものって……、エミリちゃん？」

「……ん、突然どうしたの？」

「ううん、なんとなく頭に浮かんで……。さっき、裏庭でそう思ったの」

「そっか……」

ユーリは目を細めてサーシャの頬を撫で続ける。

けれど、それ以上は何も答えず、彼はただ優しく微笑むだけだった。

その表情が切なくて胸の奥が締め付けられてしまう。それが答えなのだと思い、サーシャももう聞くことはしなかった。

「あ…、そうだわ。私、一つユーリに謝らなければいけないことがあるの」

「なに？」

「……その……、侍女の恰好をしたとき、皆に見られてしまったことがあったでしょう？　あの日の夜、私、月のものがきてしまったからとユーリの誘いを断ってしまったけど、あれは嘘だったの……」

「え……」

「ご、ごめんなさい…。私ばかり恥ずかしい思いをしている気がして、子供みたいにヘソを曲げてしまって……」

「そうだったんだ。言ってくれればよかったのに……。ごめん、僕も配慮が足りなかったね」

「私こそ、本当にごめんなさい。嘘をついたこと、ずっと後悔していたの。きっかけがないまま謝ることもできなくて……」

「サーシャ……」

あれから今日まで本当に長かった。

実際は数週間程度の話だが、何か月も離れていた気分だ。

目を伏せてもう一度「ごめんなさい」と謝ると、ユーリは静かに微笑んでサーシャを抱き締める。頬に唇を寄せ、そっと口づけてから耳元で囁いた。

「……じゃあ、今から仲直りする？」

「仲直り？」

「そのときのぶんも、今日までのぶんもたくさん」

「……え…、今から？」

「そう、今から寝室に戻ってね」

「で、でも…、そんなにたくさんしたら動けなくなってしまうわ」

「なら、明日は僕がずっとサーシャを介抱してあげる。一日中一緒にいようよ」

「一日中……」

「だから、ね？」

「……う…ん」

一日中という甘い誘惑にあっさり負け、サーシャはこくんと頷いてしまう。

だが、本音を言えば、まだ離れたくなかったのだ。仲直りという口実でもいいからくっついていたかった。

「嬉しいな。サーシャは僕の願いをいつも叶えてくれるね」

「そんなこと……」

「だって、このネグリジェだって……。こんな淫らな恰好で誘惑されてみたいって思いながら作ったんだ。そしたら、さっきのサーシャ、想像以上に迫ってくれて……。僕はもうどうなってしまうんだろうと」

「……ッ」

「……ふふ、真っ赤。かわいいね」

甘い甘い砂糖菓子のような微笑。

今の言葉で、このネグリジェを着て『してもらいたいことがある』と彼が言っていたのを思い出す。

——まさかそんなことを望んでいたなんて……。

ユーリの頭の中はまだまだわからないことでいっぱいだ。

けれど、それでいいのだろう。

これから先、何年、何十年と一緒にいる中で知っていけばそれでいい。

唇を重ねて見つめ合っていると、腰を抱き寄せられる。

寝室に戻ると言っていたが、当分無理そうだ。

力を取り戻しはじめた彼のもので奥を刺激され、切なさが募っていく。

今度はゆっくりと時間をかけて抱かれ、その後は寝室に戻って数え切れないほど身体を重ねた。朝になる頃には指一本さえ動かせなくなっていたけれど、約束どおり彼は一日中傍にいてくれたから、サーシャにとってこれ以上幸せなことはなかった——。

終章

――一か月後。

明るい日差しが降り注ぐ執務室。

朝食を終えてから正午までは、ユーリにとって書類を片付ける時間だ。

それらの書類に求められる作業の大半は署名だったが、中身に目を通して問題がなければ大抵午前中には片付く。バロウズ家は貿易や鉄道事業など、さまざまな事業に関わっているために来客が多く、客人への応対も重要ではあった。

けれど、ユーリはまだ跡取りという立場でしかない。

すでにアルバートからほとんどの執務を任され、実質的には当主のような役割を担っているとはいえ、そこまでの重責を感じたことはなかった。

「……今日は来客がないはずだから、午後はサーシャとゆっくりしよう」

そんなことを呟きながら、ユーリはこの日もいつもどおり執務机に向かって万年筆を走らせていた。

――コン、コン。

だが、執務室の扉をノックする音でその手が止まる。

顔を上げると扉が開き、アルバートが顔を覗かせた。

「ユーリ、いるかい？」

「父上」

「あぁ、やっぱりここか。そうじゃないかと思ったんだ」

アルバートはユーリの存在を確かめると、にっこり笑って部屋に足を踏み入れる。

そのまま何げない様子で近づいてきたが、机上に書類があると気づくや否や、方向を変えて窓の近くのソファへと向かう。どうやら父には自分に相談がない限りは日々の執務になるべく口を出さないという考えがあるようで、近づくのを躊躇したのかもしれなかった。

――父上がここに来るなんて珍しいな。

ユーリは万年筆を置き、ソファに座るアルバートをじっと見つめた。

柱時計は十一時過ぎを指していたが、やや眠たそうな顔をしているので、起きてからさほど時間が経っていないのだろう。そう思うのも、朝食のときはまだ寝ていたようで姿を見せなかったからだ。

アルバートの日常は相変わらずだった。

しかし、そのことに内心呆れながらも、ユーリもまたそれを見て見ぬふりをする生活を続けていた。

「僕に何か用がおありですか？」

「あ…、いや、なんとなくおまえの顔を見たくなってね」

「……そうですか」

「それにしても、いい天気だな。もうすっかり夏だ」

「ええ、そうですね」

アルバートは窓の外に目を向け、ソファに深く凭れる。

その様子はやけに白々しい。ほとんど来ない執務室をわざわざ訪ねてくること自体が不自然だった。

訝しく思っていると、アルバートは僅かに身を起こしてユーリに目を戻す。

落ち着かない様子で膝の上で手を組み、躊躇いがちに口を開いた。

「……あれから、一か月が過ぎたんだな……」

「あれから……？」

「あの二人がいなくなってから、さ」

「……あぁ、もうそんなに経ったんですね」

窺うようなアルバートの視線。

ユーリは低く相槌を打ち、背もたれに身を預けた。

当然ながら、『あの二人』とはジュリアとマルセルのことだ。

裏庭で二人と別れた日から一か月が過ぎたが、考えてみればアルバートが二人のことを口にするのははじめてだった。

とはいえ、今さら何を話そうというのか。

改まって語ることなど特に思いつかず、ユーリは眉根を寄せた。

「おまえには、苦しい思いばかりさせてしまった」

「え？」

「……まさかおまえが、あの二人の関係を知っていたとは思わなかった。まして自分の出生の秘密まで気づいていたとはね……。子供に知らないふりをさせていることに大人は誰一人気づかなかったなんて情けない話だよ。私などが言えたことではないけれど」

「父上……」

アルバートは眉を下げ、ぎこちない笑みを浮かべた。

突然のことにユーリは思わず目を見張る。

まさか本当に改まった話をするとは思わなかったのだ。

こんな真面目な会話、今まで父は一度もしたことがない。

反応に困ったが、茶化せる内容でもない。ユーリは内心当惑しながらも、平静を装って答えた。

「気づいていたとは言っても、あの二人が親密な様子を何度か見かけたことがあっただけです。誰もいないところで抱擁(ほうよう)し合う程度ですが」

「そう…か」

「父上だって二人の関係を知っていたんでしょう？　僕が父上の子でないこともわかっていたのに、これまでずっと知らないふりをしてきたのですから」

「そ…、それはまぁ……」

単刀直入に問いかけると、アルバートは曖昧に笑う。

しかし、ユーリにじっと見られて僅かに顔を強ばらせる。なんとも言えない表情になって、彼は膝の上で組んだ手に力を入れた。

「……さすがにそれは知っていたよ。私は、ジュリアと結婚して一年も経たないうちに浮気して……、結婚二年目のときには肉体関係がなくなっていたからね。それなのに、ユーリが生まれたんだから疑問を持たないわけがない。エミリのときも…、当然それは同じだった」

「ならば、黙っていたのはなぜですか？　自分の子じゃないとわかっているなら、看過できる話ではないはずです。父上も浮気しているからというのは理由になりません。それとこれとは次元が違いすぎます。間違いを犯してできた子が、この家の跡取りになってしまうのですから」

自分との間にできた子供ではないと知っていながら、あろうことか、アルバートは見て見ぬ振りを続けていた。

しかもユーリとエミリ、二人ともだ。

ユーリがそうだと気づいて黙っていたのとはわけが違う。バロウズ家の当主として、明らかに間違った判断だった。

「ユーリの疑問は尤(もっと)もだと思うよ。確かに、黙っているべき話ではなかったのかもしれない……。それでも、私はこれでよかったと思っているんだ」

「……よかった？」

「あぁ、これでよかったんだ」

「それは…、本気で言っているのですか？」

「もちろん、本気でそう思っているよ。……何せ、私には子を孕ませる能力がないんだからね」

「え……？」

思わぬ返答にユーリは片眉を引きつらせる。

身じろぎをしながらコクッと喉を鳴らすと、アルバートは苦笑を浮かべた。

「……十三歳くらいのときに、酷い高熱を出したことがあったんだ。どうやら、それが原因らしくてね。そのとき診てくれた医者も可能性は示唆(しさ)していたんだ。事実、結婚する何年も前からたくさんの女性と関係を結んでいたが、私の子を妊娠した人は誰一人いなかった。明らかに、私は結婚すべき男ではなかった……」

「……っ」

「それなのに、私は親の決めた相手と結婚した。まだあの頃は、はっきりと確信を持っていたわけではなかったから楽観していたんだ。ただ、それも結婚して一年が過ぎた頃には諦めに変わっていたけれどね……。私は、なかなか子供ができないことを思い悩むジュリアがかわいそうでならなかった。私が夫としてまったく誠実でないことを自分のせいだと苦しむ姿を見ていられなかった。だから、彼女がマルセルと親密になっていくのがわかっても見て見ぬ振りをしていた。……私はね、二人のことを見守っていようと決めたんだ。ジュリアもマルセルも好きなんだ。今だって、心から幸せになってほしいと思っているんだよ」

そう言って、アルバートは小さく微笑む。

だが、予想だにしない内容に、ユーリは二の句が継げない。

こんな話をしながら笑っていられる心境がまるで理解できなかった。

――好きだから……？

だからずっと黙っていたと言うのか？

好きだから、二人の幸せを願えると言うのか？

とてもではないが、にわかには信じがたい理由だ。

もしもサーシャに別の男ができたら、自分は相手の男を絶対に許さないだろう。

地の果てまで追いかけて二度と彼女に近づけないように八つ裂きにしてしまうに違いない。

サーシャに対しては、愛が足りなかったのだと反省しながらも、自分以外の男を視界に入れないように閉じ込めてしまうかもしれない。実際の彼女はそんなことはしないとわかっていても、想像しただけで身体中の血液が沸騰しそうになる。現実に起こったなら、きっと正気ではいられないだろう。

探るようにアルバートを見つめていると、首を傾げて笑みを返された。

やはりその表情に嘘は見られない。考えてみれば、アルバートが自分に嘘をついたことは、これまで一度もなかった。

「……は」

次第にユーリは笑いが込み上げてくる。

どうやら、この人は本気でそう思っているらしい。

『好きだから』すべてを受け入れる。

今までそうやって多くのものを受け入れてきたように、ジュリアとマルセルの関係も受け入れる。『好きだから』、二人の間に子供ができても見て見ぬ振りをしてきたのだとその目が語っていた。

なんて人だ。なんて人だ。

博愛主義もここまでくれば本物なのかもしれない。

自分にはとても理解できそうにないが、そんなふうに結論を出せることには感心すら覚える。こういう人だからこそ、自分が今こうしていられるのだと思うと、おかしくてならなかった。

そんなユーリを見てアルバートもほっとしたように息をつく。

頬を緩め、満面に笑みを浮かべて言葉を続けた。

「けれど、私はユーリのことはもっと好きなんだ。もちろんエミリもね。私にとって特別かわいい子供たちだよ」

穏やかで慈愛に満ちた眼差し。

当たり前のように言われて、どう反応すればいいのかわからない。

彼にとって『愛』とはたくさんあるものだ。

その中に優劣はないものと思っていた。

しかし、そうではなかった。その中には多少の優劣があった。

今の言葉こそが、これまで見て見ぬ振りをしてきた本当の理由だと告げられているようで、胸の奥がくすぐったくて堪らなかった。

「……僕も、父上が好きですよ」

照れ隠しでしかなかったが、ユーリも負けじと言い返す。

平静を装うのがこれほど難しいことだと思うのははじめてだった。

——だけど、別に嘘はついてない。父上は夫としては最低だけど、子供たちを否定するようなことは一度も言ったことがないんだ……。

声を荒らげたこともなく、彼なりの愛情を常にユーリやエミリに示していた。

だからエミリも父に懐いている。呆れていても嫌っているわけではないのだ。

それに、正直な人ではあるが口は堅い。母の不貞をエミリに黙ってくれていることにはユーリも密かに感謝していた。

「ユーリ、そろそろ私の跡を継いでみないか？」

「……え？」

ややあって、アルバートはふと思い出したように言う。

唐突な話にユーリは目を瞬かせたが、窺うように見つめられてハッとした。

——もしかして、父上が執務室に来たのはそれが目的だったのか？

それに気づいた途端、ユーリは机に置いた万年筆をぐっと握り締める。これがどれほど大きな意味を持つのかを考え、間を空けて静かに答えた。

「僕に、お任せください」

「あぁ楽しみだ」

アルバートは満足そうに頷くと、そこでソファから立ち上がった。

軽く手を振り、そのまま扉のほうへと向かう。

スッキリした横顔。何げない様子でここに来た本当の理由は、やはり今の話をするためだったのかもしれない。父の姿を目で追いながら、ユーリはぼんやりとそんなことを考えていた。

——コン、コン。

と、そのとき、扉をノックする音が響く。

アルバートが扉を開けると、そこにはエミリとライアンがいた。

「お父さま」

「やぁ、エミリにライアン」

「伯父上、執務室にいたんですね。ユーリと話し中なら、俺たち出直したほうが……」

「いや、大丈夫だよ。ちょうど話が終わったところだったんだ」

「そうでしたか」

「あぁ、私はこれで失礼するよ。——じゃあユーリ、また」

「……はい、父上」

アルバートは扉を大きく開けて、廊下の二人を笑顔で出迎えている。

そのまま二人を中に促すと、アルバートはもう一度ユーリに手を振って部屋をあとにした。

パタン…と静かに扉が閉まる。

その音と同時にエミリとライアンは顔を見合わせていた。

皆、思うことは同じらしい。アルバートが執務室にいるのは、それほど珍しいことだった。

「二人一緒なんて仲がいいね。僕になんの用かな？」

「……あ…、べっ、別にこれは……っ」

ユーリが問いかけると、エミリはハッとした様子で顔を上げる。

何か言いづらい話でもしに来たのだろうか。ごにょごにょ言いながらも、エミリはなかなか本題に入ろうとはしない。

ユーリが僅かに眉をひそめると、それに気づいたライアンが後押しするように小さな背中をぽんと押した。

「あ、あのね、お兄さま」

エミリはおずおずと執務机に近づいてくる。

だが、執務机まで一メートルほどのところで足を止め、緊張気味に唇を引き結ぶ。しばし部屋に沈黙が流れたが、大きく息を吸って唐突に頭を下げた。

「お兄さま、ごめんなさい……っ」

「え？」

「わっ、私…、本当は知っていたの……。お母さまがお兄さまの首を絞めているところを何度か見たことが……。なのにっ、ずっと言えなくて……」

「エミリ……」

「はじめて見たときはびっくりして動けなくて……。でも、次の日お兄さまはいつもどおりで…、お母さまも優しいままだったから夢を見たのかと思ってた……。だけど、しばらくしてまた見てしまって……。お母さまを止めなくちゃと思うのに足がぜんぜん動かなくて……っ、お母さまの顔がすごく怖くて……、私、何もできなくて……っ！」

エミリは絞り出すように言うと、皺になるほどスカートを握り締める。

頭を下げているから表情は見えなかったが、最後のほうは声が掠れて泣いているようだった。

――エミリが知っていたなんて……。

ユーリは小さく震える身体を呆然と見つめた。

反応できずにいると、扉のほうから視線を感じてライアンと目が合う。

ライアンは『許してやってくれ』と言わんばかりに神妙な表情で頷いている。そこでユーリは我に返って立ち上がり、エミリの前まで来て身を屈めた。

「エミリ、そんなこと気にしなくていいんだよ。僕は今、こうして元気でいるんだから」

「でも……っ」

「いいんだ。その気持ちだけで充分だよ。エミリのほうこそ、今まで辛かったね。黙っているのは苦しかったろう？」

「……ッ、お兄…さま……っ」

そっと頭を撫でた途端、エミリは涙でいっぱいにした顔を上げる。

あまりのいじらしさに胸が痛み、優しく抱き締めてやると、エミリは必死でしがみついてきた。

「……エミリ、ちゃんと言えてよかったな。あの…さ、俺も伯母上の病気、早くよくなることを祈ってるから……」

「ん…、うん…っ、ライアンありがとう」

ライアンも近づいてきて、エミリの頭を撫でている。

だが、嘘の下手な彼の表情には若干の強ばりが感じられた。

一か月前、ライアンは裏庭でのやり取りを見ていたわけではなかったが、異様な雰囲気は察しているようだった。

だからあの翌日、ユーリはマルセルとジュリアの関係と自分たち兄妹の出生の秘密をライアンに明かし、あの二人が失踪したということも伝えたのだ。

それは、これ以上隠し通せる話ではないと思って打ち明けたことだった。

しかし、自分の父親が亡くなった母親以外の女性をずっと愛していたなど、彼はそれまで考えもしなかったのだろう。異母兄弟がいたことにもライアンが相当な衝撃を受けているのは蒼白な顔を見ればわかった。

それでも現実は待ってはくれない。

ライアンはすべてを呑み込み、マルセルに代わって急遽家を継ぐことになり、今はそれなりに忙しい日々を送っている。ただ、もともと寂しがり屋なところがあるのでここには数日置きに来ているが、エミリに嘘をついていることには苦慮している様子だった。

ジュリアとマルセルの関係は、まだ幼いエミリにはさすがに酷なものだ。

そう思って、今は本当のことを話していない。

しばらくは、『ジュリアは療養に戻った』という誤魔化しを続けるつもりでいる。

それにライアンも付き合ってくれているが、エミリにいつばれやしないかと思うほど正直すぎる表情をするのは困りものだった。

「お兄さま、まだお仕事中だったのに邪魔をしてごめんなさい」

「もう戻るのかい？」

「うん…、あの、またあとでお部屋に遊びに行ってもいい？」

「構わないよ。サーシャも喜ぶからね」

少ししてエミリの涙は止まり、ユーリから離れていく。

最後にもう一度頭を撫でてやると嬉しそうに笑っていた。

だが、扉に向かう途中、エミリはちらっとライアンを見た途端、呆れたように息をついた。仕方ないといった様子で手を差し出し、そのままライアンを扉のほうまで引っ張っていった。

――もしかして、エミリは気づいているんじゃ……。

ユーリは部屋を出る小さな背中を目で追いかける。

確信があるわけではない。

けれども、エミリはとても察しのいい子だ。

自分たちが隠さずとも本当は勘づいているのかもしれない。そのうえで知らないふりをしていたとしても不思議ではなかった。

「――あら、サーシャちゃんもお兄さまにご用があるの？」

二人が執務室を出た直後、エミリの声が廊下から響いてくる。

ユーリはすぐに現実に戻って柱時計に目をやった。いつの間にか、時計の針が正午近くまで進んでいたことに多少の驚きを感じながら、エミリの言葉に相槌を打つサーシャの声にくすりと笑った。

——今日は、変な日だな。

入れ替わり立ち替わり皆がやってくるのがやけにくすぐったい。

やがて、僅かに開いた扉からサーシャがそっと顔を覗かせる。彼女はすぐにユーリに気づき、「どうぞ」と笑いかけると嬉しそうに入ってきた。

「そろそろお昼だから様子を見に来ただけなの。まだお仕事中だったのね。邪魔をしてごめんなさい」

「いいんだよ。そんなところにいないで、こっちにおいで」

「いいの？」

「もちろんだよ」

ユーリは手招きをしながら執務机へと戻った。

椅子に腰かけると、サーシャもおずおずと近づいてくる。すぐ傍まで来たところでユーリは手を伸ばし、彼女の手を摑んで引き寄せた。

「あ…っ」

よろめく華奢な身体を抱き留め、ユーリは彼女を膝にのせる。

途端に、甘い匂いに鼻腔がくすぐられ、堪らず白いうなじに口づけた。

「……ん」

サーシャは小さく喘ぎ、頬を赤くして目を逸らす。

しかし、ふと机に顔を向け、散乱した書類に気づいて目を丸くした。

「お仕事してたんじゃ……」

「そんなのとっくに終わってるよ」

「そ…、そうなの……？」

机に散乱した書類。

それらには構想中のサーシャの衣装が描かれていた。

やるべきことが終われば、大体いつもこんな調子だ。

決して尽きることのない妄想。次はどんな衣装を着てもらおう。今夜のサーシャは、どんなふうに僕を虜にするのだろう。考えただけで楽しくて仕方なかった。

──一番楽しいのは、自分が作った服をサーシャに着せたあと、この手で脱がす瞬間なんだけどね……。

自分以外、彼女にそんなことをできる男はいないのだ。

こんなこと、やめられるわけがなかった。

「サーシャ……」

「……あ…ん」

彼女の髪に唇を寄せ、耳たぶを甘噛みするとビクンと肩が揺れる。

近くにいれば触れたくなって、つい手を出してしまう。反応してほしくて、あちこち口づけてしまう。

今、彼女とこうしていられるのが夢のようだった。

たくさんなんていらない。たった一人いればいいという夢がようやく叶ったのだ。

――あれほどの苦しみにずっと堪えてきたんだ……。

ユーリはサーシャをきつく抱き締め、首筋に顔を埋める。

そうすると、恥ずかしそうに身を固くする彼女のかわいさに胸が締め付けられた。

必死に守ってきてよかった。やっと手にいれることができた。

あとはこの家を継げば、怯える必要はどこにもない。

アルバートがずっと黙っていた理由は知らなかったから、もしも他の浮気相手との間に男子ができればユーリは自分の立場が危うくなると思っていた。跡を継いでほしいと直接言われるまで安心などできなかったのだ。

ユーリにとって守りたかったもの――。

それは、『今の形』だ。

首を絞められても次の日には何事もなく過ごしてきたのは、知らないふりさえしていれば自分は跡取りのままでいられると思ったからだ。

秘密が秘密のままである限り、サーシャと結婚できる。

この家の息子でいさえすればそれが叶う。

彼女を手放すようなことだけは絶対にしたくなかった。

そのためには、どんなに苦しくても我慢できた。もしもサーシャを傷つけるようなら、どんな手を使ってでも消してしまおうとさえ思っていた。

――もちろん、エミリは何も知らない。エミリを守りたかった気持ちもあるけれど……。

エミリは何も知らない。真実を知って傷つくのはかわいそうだ。エミリは優しい母しか知らないから、なるべくなら壊したくない。そう思っていたのに、すべてを台無しにしたのは『彼ら』のほうだった。

「ユーリ……？」

何も喋らないから、変に思ったのだろう。

サーシャは首を傾げてこちらの様子を窺っていた。

あどけなさの残る表情に胸をくすぐられ、ユーリは自分の懐に手を入れる。胸ポケットからリボンを取りだして、それで二人の手首を繋いだ。

「……離れないように？」

「そうだよ」

小さく頷くと、サーシャはじっと手首を見つめている。

愛しい人。かけがえのない僕の宝物。

はじめは、心のどこかで父のようにはなりたくないという気持ちがあった。

だけど、そんなことは考えるだけ無駄だった。

――僕はサーシャしかほしくない……。

君だけをずっと見つめていたい。

離れることのないように結んでおかずにはいられない。彼女の心を永遠に繋ぎとめていたいだけだった。

「サーシャ、愛しているよ」

「……ん」

顔を寄せ、そっと口づける。

どうして彼女はどこもかしこも甘いのだろう。

「……まるで砂糖菓子のようだね」

ひっそりと囁くと、サーシャは驚いたように目を丸くする。

けれど、すぐに嬉しそうに顔を綻ばせてユーリをまっすぐに見つめた。

「私もずっとそう思っていたの」

「君も？」

「そうよ。はじめて会ったときからずっと思っていたの。ユーリの笑顔は砂糖菓子みたいだって」

輝くような彼女の笑顔。

我慢できずに果実のような唇を奪い、強く掻き抱く。

彼女はいつだって自分が望む以上のものをくれる。自分がどこの誰でも愛していると夢のような言葉をくれた。

いっそ溶けて一つになってしまいたい。

このままここで彼女を組み敷いてしまいたい。

欲望に駆られながら、ユーリは彼女の耳元で息をつく。

白いうなじ。柔らかな肌。耳たぶを甘噛みして唇でそっと挟んだ。

——今夜はどんなことをして愛し合おう。どんな君を見られるだろう……。

サーシャの顔はますます赤く染まっていく。

見れば、首まで真っ赤になっていた。

どうやら、心の声をうっかり口に出していたらしい。恥ずかしそうに目を伏せるサーシャは、抱き尽くしたくなるほど愛おしかった。

あとがき

最後まで御覧いただき、ありがとうございました。作者の桜井さくやと申します。『妄想紳士の愛しの奥様』いかがでしたでしょうか。少しでも皆さまに楽しんでいただけたなら幸せです。

今回の主役、ユーリとサーシャは書いていて本当に楽しい二人でした。

最初、編集さんには「イメクラする夫婦……」とざっくり過ぎる提案をしてしまったのですが、意外にすんなり話が進んだのが今思うと不思議でなりません。イラストも素晴らしく、特にユーリなどは想像していたとおりの雰囲気で、本作のイラストを担当してくださった天路ゆうつづさんには感謝の想いでいっぱいです。

また、話は変わりますが、現在、世界中を震撼させている疫病の問題で落ちつかない日々が続いていることと思います。皆さまも決して無理はなさらず、お身体を大切になさってください。

この本を手にとってくださった方、本作に関わっていただいたすべての方々に御礼を申し上げ、短いですがここで締めくくりとさせていただきます。

皆さまと、またどこかでお会いできれば幸いです。

桜井さくや

この本を読んでのご意見・ご感想をお待ちしております。

◆ あて先 ◆

〒101-0051
東京都千代田区神田神保町2-4-7 久月神田ビル
㈱イースト・プレス　ソーニャ文庫編集部
桜井さくや先生／天路ゆうつづ先生

妄想紳士の愛しの奥様

2020年5月6日　第1刷発行

著　　者　桜井さくや
イラスト　天路ゆうつづ
装　　丁　imagejack.inc
D　T　P　松井和彌
編集・発行人　安本千恵子
発　行　所　株式会社イースト・プレス
〒101－0051
東京都千代田区神田神保町2－4－7 久月神田ビル
TEL 03－5213－4700　FAX 03－5213－4701
印　刷　所　中央精版印刷株式会社

©SAKUYA SAKURAI 2020, Printed in Japan
ISBN 978-4-7816-9672-0
定価はカバーに表示してあります。
※本書の内容の一部あるいはすべてを無断で複写・複製・転載することを禁じます。
※この物語はフィクションであり、実在する人物・団体等とは関係ありません。

Sonya ソーニャ文庫の本

『執事の狂愛』 桜井さくや
イラスト 蜂不二子

Sonya ソーニャ文庫の本

『軍神の涙』 桜井さくや
イラスト 蜂不二子

Sonya ソーニャ文庫の本

『女装王子の初恋』 桜井さくや

イラスト アオイ冬子

Sonya ソーニャ文庫の本

『お義兄さまの愛玩』 桜井さくや

イラスト さんば

Sonya ソーニャ文庫の本

『**はじめまして、僕の花嫁さん**』 桜井さくや

イラスト アオイ冬子